Cet ennemi trop séduisant

PIPPA ROSCOE

Cet ennemi trop séduisant

Traduction française de
BARNABÉ D'ALBES

AZUR

HARLEQUIN

Collection : Azur

Titre original :
EXPECTING HER ENEMY'S HEIR

HARPERCOLLINS FRANCE
83-85, boulevard Vincent-Auriol, 75646 PARIS CEDEX 13
Service Clients — www.harlequin.fr
ISBN 978-2-2804-9804-3 — ISSN 0993-4448

Composé et édité par HarperCollins France.
Imprimé en janvier 2024 par CPI Black Print (Barcelone)
en utilisant 100% d'électricité renouvelable.
Dépôt légal : février 2024.

FSC www.fsc.org
MIXTE
Papier issu de sources responsables
FSC® C159065

Pour limiter l'empreinte environnementale de ses livres, HarperCollins France s'engage à n'utiliser que du papier fabriqué à partir de bois provenant de forets gérées durablement et de manière responsable.

1

C'était le jour J.

Amélia Seymore jeta un coup d'œil par la vitre. Sous un ciel gris, joggers et cyclistes se partageaient une étroite bande de bitume à gauche de la voie réservée aux bus.

Comme tous les matins, du lundi au vendredi, elle se trouvait dans le 176 et, comme souvent, à la station devant le pont, l'afflux massif d'usagers provoqua une brusque bouffée d'odeurs saumâtres. Sueur, déodorant, humidité des cuirs et des vêtements... Une légère nausée la gagna, et elle attendit impatiemment l'arrêt suivant pour jaillir hors du véhicule et emplir ses poumons d'air pur. Enfin, aussi « pur » qu'elle pouvait l'espérer, à l'heure de pointe, au centre de Londres !

En principe, elle descendait plus tard, mais la marche lui ferait du bien. Étrange, ce malaise. Cet excès de sensibilité ne lui ressemblait pas. Allons, s'enjoignit-elle, du nerf ! Rien ne devait la distraire de son objectif !

Aujourd'hui était LE jour qu'elle attendait depuis dix ans. L'élixir prodigieux qui coulait dans ses veines – une énergie la guidant vers le succès – ne venait pourtant pas des centaines de nuits blanches et des milliers de jours de labeur investis dans son projet. Non. L'origine était le visage de son père lors de leur dernière conversation. Elle gardait, gravé dans sa mémoire, le regard qu'il avait eu en se détournant d'elle pour attraper, d'une main tremblante, la bouteille de scotch sur son bureau.

Ce souvenir, c'était ce qui nourrissait leur détermination à toute épreuve, à elle et à Issy – sa sœur. Pour ce souvenir et à cause de lui, Amélia avait l'obligation de triompher aujourd'hui.

Pressant le pas, elle se faufila parmi la foule, traversa deux grandes avenues et parvint enfin devant le gratte-ciel considéré comme l'un des plus beaux joyaux de Londres – après ceux de la couronne.

Parmi les chefs-d'œuvre d'architecture contemporaine réservés aux élites des consortiums internationaux, les plus connus étaient sans doute The Shard, au brillant de diamant, The Gherkin, avec son étonnante façade en spirale et... le Rubis, qui devait son surnom à son imposant fronton de marbre rouge. Le superbe édifice de soixante-sept étages abritait le siège de Rossi Industries et les bureaux de ses deux fondateurs multimillionnaires, les cousins Rossi.

En levant la tête vers le sommet, Amélia se tordit le cou. Cet endroit lui avait toujours inspiré un mélange de colère et d'admiration. Chaque jour depuis deux ans, elle avait franchi la même porte à tambour, traversé le même hall et passé la journée à respirer le même air que les deux hommes qui avaient détruit sa famille. Et pas un jour n'avait fini sans qu'elles jurent, sa sœur et elle, d'obtenir vengeance.

La *vengeance*... Un sentiment noir, une passion morbide qui n'était pas venue naturellement à Amélia. Non, cela n'avait pas été immédiat.

Issy et elle avaient respectivement treize et quinze ans le jour où elles avaient vu pour la première fois Alessandro et Gianni Rossi. À l'époque, elles ne connaissaient pas leurs noms.

Un dimanche, pendant le repas, autour du traditionnel rôti de bœuf, on avait sonné. Deux inconnus avaient demandé à parler à leur père. En une seule conversation de quelques minutes, les Rossi avaient arraché sa société immobilière à Thomas Seymore et atomisé chaque aspect de l'existence des deux sœurs.

Amélia serra les poings. Une rage sourde se remit à pulser en elle tandis qu'elle sortait son badge orné de son titre ronflant, « Manageuse cheffe de projet », afin de franchir le portique. Puis elle sourit à l'agent de sécurité et s'engagea dans la cage d'ascenseur qui allait la propulser au soixante-quatrième niveau.

Les yeux rivés sur l'écran du compteur d'étages, elle s'esclaffa en songeant que l'image illustrait bien *son* compte à rebours, qui avait commencé. Tic, tac. Les Rossi étaient loin de se douter que la bombe destinée à les détruire serait armée ici, aujourd'hui, même si la déflagration les soufflerait un peu plus tard. Pour le moment, tout se passait conformément au plan qu'elles avaient ourdi, Issy et elle. Oh ! bon sang, elle avait tellement hâte de voir ce consortium immobilier couler à pic ! Parce que, quand ce serait fait, elle pourrait oublier cette fameuse nuit – celle qui l'empêchait de trouver le sommeil depuis plus d'un mois.

« On ne devrait pas faire ça. » Amélia voulut ignorer le son vibrant et velouté de cette voix mâle dans son souvenir…

Un souvenir qui, chaque fois qu'il revenait à la surface, faisait naître une myriade de frissons sur sa peau. Qui, malgré elle, lui rappelait l'intensité de sensations neuves dans chaque atome de sa chair – la puissance d'un désir qui l'avait emportée.

« Peut-être mais... j'en ai très envie. » Par ces paroles, elle avait signé la trahison de sa propre famille. De sa sœur. D'elle-même !

Alors non, elle n'avait pas le droit de permettre à une seule nuit – une erreur, une tragique erreur – de mettre en danger tout ce qu'elles avaient bâti, une pierre après l'autre, Issy et elle. Il était effectivement impossible de revenir en arrière et d'effacer ces moments dans les bras de son pire ennemi, Alessandro Rossi. Néanmoins, elle parviendrait à conjurer l'érotisme torride des images qui la harcelaient. Parce que ce qui était arrivé à Hong Kong six semaines auparavant ne changeait rien à ce qu'Alessandro Rossi et son cousin avaient infligé à leur famille, une décennie plus tôt.

Ils étaient coupables, et il était temps qu'ils passent à la caisse.

Alessandro jeta un long regard par la baie vitrée de son bureau. La vue sur Londres, depuis le dernier étage du Rubis, était spectaculaire. D'ici, la capitale avait l'air de s'offrir à lui.

Une merveilleuse sensation de pouvoir courait dans ses veines.

Pas à cause de sa phénoménale fortune, ni en raison des grandioses réussites que son cousin et lui collectionnaient depuis le début de leur carrière.

Paradoxalement, cette perception grisante venait de l'avenir. De la certitude que la réunion d'aujourd'hui – ou, plus exactement, son issue – allait propulser Rossi Industries dans la stratosphère et que, d'un bout du globe à l'autre, au sein des cercles d'affaires, le nom des deux cousins serait sur toutes les bouches.

Oh ! certes, le nom de la société était déjà présent dans bien des têtes. Mais, grâce à ce deal, Gianni et Alessandro allaient révolutionner le champ de la construction et de l'habitat neuf. Dans quelques années, des adolescents apprendraient comment Rossi Industries s'était développé et diraient : « C'est ça que je veux faire, moi aussi ! »

Dans la vitre, Alessandro surprit le reflet de son sourire réjoui et songea à son père. Que dirait ce dernier, s'il se tenait devant lui ? Il savait depuis des années que son fils et son neveu Gianni avaient réussi au-delà de tout ce qu'il aurait pu concevoir. Mais pas sous le même nom.

Dès qu'ils l'avaient pu, les cousins avaient renié leur patronyme pour endosser le nom de jeune fille de leur *nonna* – puisque, au sein de leur famille, la seule personne qui leur avait manifesté de l'affection était leur grand-mère paternelle.

Il serra les dents, comme il entendait la réplique furieuse. « C'est mon sang qui coule dans tes veines, mon garçon. Et qui coulera dans celles de tes enfants, et de tes petits-enfants, et de leurs petits-enfants. » La menace prononcée jadis par son père n'avait aucune importance : Alessandro s'était promis que ce sang maudit se tarirait avec lui.

Rossi Industries était toute sa vie, il y consacrait chaque minute de son temps et toute son énergie. Contrairement au vieux rapace qui avait fini par assécher son vignoble à force d'en ravager la terre, de même qu'il avait été tout près de faire rendre à sa femme son dernier souffle, à force de la battre, Alessandro investissait sa sueur dans le but de rendre le monde un peu moins dur. Son modeste passage sur cette planète devait être bénéfique – c'était l'unique héritage qu'il souhaitait laisser.

L'extirpant de ses pensées, sa montre sonna l'alerte des quinze minutes avant le début de la réunion.

Il était dommage que ces tractations cruciales aient lieu en l'absence de Gianni, qui prenait ses deux semaines annuelles de congé à des dates inamovibles. En même temps, se rappela Alessandro, son cousin avait scrupuleusement visé chaque aspect du projet Aurora. Au sein de l'équipe du haut management, tout le monde, en fait, avait examiné à la loupe les tenants et les aboutissants du partenariat. À commencer par la responsable en chef d'Aurora, une collaboratrice experte des fusions financières en qui il avait toute confiance – malgré son ancienneté de deux toutes petites années.

Amélia Seymore.

Alessandro desserra son nœud de cravate, vérifia que le bouton de chemise situé derrière était fermé et remit l'accessoire en place – non sans se remémorer comment, dans un mouvement inverse, langoureux, il avait ouvert sa chemise, fixant le regard embué de désir de la jeune Anglaise.

« Je... J'ai envie de vous », avait-elle murmuré, de sa voix douce et électrisante. Troublé comme il l'avait rarement été, Alessandro avait tout de même puisé en lui assez de sang-froid pour obtenir confirmation. Il fallait qu'il l'entende prononcer un consentement clair. « Vous êtes sûre de vous, Amélia ? avait-il insisté. Parce que... »

À cet instant, elle l'interrompait avec une détermination farouche, et plantait son regard droit dans le sien. « Oui. Juste ce soir. Une fois. Et nous n'en parlerons jamais. J'ai bien dit : jamais. »

Ce soir-là, il aurait donné n'importe quoi pour savourer encore le goût de sa bouche fraîche et pulpeuse... Oui, en cet instant, elle aurait pu *tout* lui demander. Il se serait agenouillé pour consentir à n'importe quel scénario aux conditions de son choix, parce qu'il était, à l'instar d'un papillon de nuit sur un réverbère, sous son empire.

En ce moment encore, il éprouvait un immense embarras à se remémorer cette inexplicable faiblesse. La seule et unique nuit où il avait manqué à ses obligations les plus élémentaires, le soir fatal où il avait franchi la ligne rouge – aussi bien sur le plan professionnel que personnel.

C'était mal. Il avait transgressé un tabou. La honte refit tomber sur sa pauvre nuque son poids cruel. En vain, hélas… Il ne voulait pas être cet homme-là. Un homme qui couchait avec une collaboratrice.

Pourtant, il l'avait fait !

La culpabilité le torturait peut-être autant que l'ordre strict qu'elle avait dicté : « Et nous n'en parlerons jamais. »

Depuis six semaines qu'ils étaient rentrés de Hong Kong, l'énoncé de cet interdit ne parvenait pas à éteindre en lui un désir diabolique et presque constant. D'ailleurs, au bureau, c'était plus que gênant…

— Entrez, répondit-il aux deux coups brefs frappés à sa porte.

Charlotte, sa secrétaire, en général peu souriante mais rigoureuse jusqu'au bout de ses ballerines, fit deux pas dans la pièce, demeurant à une quinzaine de mètres de lui. Alessandro détestait la proximité.

— Oui ?

— Ordre du jour confirmé sans changement notable, dit-elle. Asimov est arrivé à l'hôtel et sera présent avec son équipe à la réunion de 11 heures. Le déjeuner est réservé chez Alain Ducasse, au restaurant du Dorchester, et Gianni a appelé pour vous transmettre ce message : « Tu n'as plus qu'à assurer. »

Alessandro sourit. Élevés comme des frères, les cousins

étaient soudés par des liens de confiance et d'affection indestructibles.

— Et la réunion de 9 heures ? s'enquit-il.

— La salle est prête, enregistrements audio et vidéo testés, et Mlle Seymore, qui a déjà pris sa place, propose de vous transmettre son pack de présentation pour validation.

Charlotte le brandit en attendant qu'il l'invite à le poser sur son bureau.

— Ce ne sera pas nécessaire, merci, répondit-il.

Quand Amélia Seymore déclarait qu'elle était prête, elle l'était. Elle mettait un projet sur pied, rencontrait les clients, établissait des simulations, analysait l'étude de marché et bouclait l'affaire. Il lui avait confié le projet Aurora précisément pour cette raison : la rigueur de ses projections et la fiabilité de ses recherches. C'était la seule manageuse de l'équipe ignorant le concept d'angle mort, et, grâce à ce talent, elle ne commettait jamais d'erreur. C'était comme si elle avait été faite pour lui, et le...

— Monsieur ?

Alessandro serra la mâchoire. Si seulement elle n'avait pas aussi l'aptitude de le distraire comme *personne* n'avait réussi à le faire avant elle !

— Excusez-moi. Vous m'avez posé une question ?

Charlotte conserva un visage imperturbable, ce dont il lui fut reconnaissant.

— Je voulais juste savoir si vous vouliez un café maintenant ou plutôt en salle de réunion ?

— Maintenant, oui, dit-il.

Il en avait besoin.

Pendant que les membres de l'équipe dirigeante de Rossi Industries entraient dans la grande salle de réunion, Amélia déposait les packs de présentation devant chaque siège autour de la table ovale : un dossier complet accompagné d'un bloc-notes et d'un stylo.

Il fallait que tout soit parfait. En reculant pour vérifier le positionnement symétrique de chaque pack, elle fixa, en couverture, le dessin de l'immeuble qui aurait pu révolutionner l'habitat urbain partout dans le monde, si les Rossi n'avaient pas bâti leur empire sur le cadavre de son père. Décidément, ils n'auraient pas volé cette banqueroute.

C'était avec ce seul et unique objectif dans le viseur qu'Issy et elle avaient traversé la dernière décennie. Enfin, les étoiles avaient consenti à s'aligner en leur faveur. Deux ans après avoir intégré l'entreprise et, un dossier après l'autre, effectué un sans-faute, Amélia était devenue insoupçonnable. Forte de ses succès, elle avait acquis la pleine confiance de ses patrons et elle s'était retrouvée au pilotage du projet le plus crucial de la boîte, au moment précis où Gianni prenait ses vacances !

Tout le monde savait que, à eux deux, Alessandro et Gianni Rossi formaient une véritable machine de guerre et que personne, dans le monde des affaires, n'était capable de les induire en erreur. Mais séparément ?

Oui, durant quinze jours, l'été, le système Rossi devenait faillible. Certes, la fenêtre de tir restait étroite. Aussi Amélia et Issy avaient-elles investi tant de patience et d'efforts pour savoir l'exploiter – et mettre à genoux les deux colosses.

Issy s'était métamorphosée en appât sur mesure afin de captiver le Casanova légendaire qu'était Gianni Rossi. La veille, elle s'était envolée pour les Caraïbes dans le but d'attirer sa proie en mer, sur un bateau, et de l'empêcher de communiquer avec son cousin jusqu'à la signature définitive par toutes les parties du projet Aurora.

Avec Gianni hors d'état de nuire, Amélia était en mesure d'accomplir un acte de sabotage industriel historique, de sorte que l'empire Rossi s'écroulerait aussi sûrement qu'un château de cartes.

« On a raison de faire ce qu'on va faire ? On est d'accord ? » avait insisté Issy avant de partir pour l'aéroport. Face à l'intense regard bleu outremer de sa cadette, Amélia avait senti sa conscience l'étrangler. Non parce qu'elle doutait du bien-fondé de leur entreprise : ça non, absolument pas ! Mais parce que, pour déclencher la mise à feu des opérations, elle avait été obligée de mentir à Issy. Or, jamais elle ne se serait crue capable d'en arriver là.

Seulement, dix ans plus tôt, comme elles embrassaient leur projet de vengeance, elles avaient aussi décidé de sceller un pacte : pas d'exécution du plan sans preuve des délits commis par les patrons de Rossi Industries. Elles refusaient d'être semblables à ces monstres – oui, des monstres qui avaient poussé leur père vers la mort, précipité leur mère dans une grave dépression, volé leur insouciance, leurs maisons, leurs amis… et causé la ruine absolue dans leur vie.

Issy insistait ; Amélia avait accepté. Les hommes qu'elles feraient chuter de leurs hautes cimes étaient des enragés de la corruption, ils avaient lésé de nombreuses autres victimes ou entendaient le faire. Forcément ! Il revenait à Amélia, infiltrée chez Rossi Industries, d'en trouver la preuve, ce qui serait aisé, croyait-elle…

Hélas. Ce n'était pourtant pas faute d'avoir cherché, mais Amélia avait dû se résoudre à l'évidence : en deux ans, après avoir retourné tous les cartons des archives et fouillé les disques durs du dernier étage… Rien. Pas la moindre trace d'escroquerie ni de fraude, encore moins d'un crime similaire à ce que les deux infâmes Rossi avaient fait à leur père.

La panique avait gagné Amélia. Et si elle ne pouvait *jamais* remettre à Issy la fameuse preuve tangible ? Parce que les deux frères étaient diablement rusés, plus rusés que prévu dans la dissimulation de leurs méfaits, tous les sacrifices nécessaires à l'accomplissement de leur vengeance devaient-ils finir à l'eau ?

Il y avait si longtemps qu'elles se battaient...

Pendant que les autres adolescentes discutaient maquillage et mode le jour pour sortir et danser le soir, Issy et elle complotaient, planifiaient, se préparaient. En travaillant dur tous les week-ends, parfois durant la semaine aussi, Amélia avait suivi la formation supérieure idéale pour être embauchée chez Rossi dès l'obtention de son mastère. Sa sœur avait écourté son cursus médical. Auxiliaire en puériculture auprès d'enfants malades, Isabelle consacrait chacune de ses heures de liberté à peaufiner ses recherches sur les cousins Rossi afin de découvrir leur talon d'Achille.

Cette mission, c'était toute leur vie ! Et puis soudain...

Il y avait eu le voyage à Hong Kong.

Amélia était aux manettes d'un projet de développement qu'elle présentait elle-même, et Alessandro n'aurait pas dû l'accompagner. Mais Kai Choi, leur client, les avait invités tous deux à un dîner très formel chez lui, après signature du contrat : impossible de refuser. Ainsi, pendant que les membres de l'équipe qui avaient fait le voyage rentraient à Londres, elle s'était retrouvée seule avec son boss pour une dernière nuit à Hong Kong.

Encore aujourd'hui, elle parvenait à peine à croire l'excitation dans laquelle elle était après avoir conclu le marché. Bon sang, ce poste n'était qu'un tremplin pour obtenir sa revanche ! Hélas, elle avait fini par se laisser piéger par le rythme addictif et les décharges d'adrénaline propres à sa position de cheffe de projet…

Ce soir-là, à leur retour du dîner, dans l'ascenseur de l'hôtel, la joie qu'elle lisait dans le regard de celui qu'elle devait haïr l'avait électrisée. Son sang pulsait lourdement à ses tempes et elle avait très chaud. Alessandro ne la quittait pas des yeux et, sous la force de cette hypnose, dans l'illusion de l'ailleurs comme parenthèse irréelle, elle avait été la proie d'une sensation nouvelle.

Le désir physique.

Un désir si puissant, si indomptable qu'elle y avait cédé à l'instar d'une digue sous l'assaut d'un fleuve en crue.

Quelques histoires fugaces avec des étudiants, durant ses études, ne l'avaient guère préparée à un tel choc. C'était la première fois qu'elle éprouvait en même temps des émotions et une fièvre conférant tout pouvoir à son corps – ce corps qui s'éveillait au plaisir, avec toute la fougue de ses vingt-cinq ans.

Ainsi, elle avait commis l'impensable.

Et ensuite, Amélia s'était retrouvée dans l'impasse.

Le rouge au front, elle avait envoyé un message à Issy pour affirmer qu'elle détenait une preuve de corruption contre les Rossi. Odieux mensonge que sa petite sœur, de son cœur débordant de confiance et de loyauté, avait cru.

Oui, Amélia avait trahi la seule et unique personne ayant toujours été là pour elle depuis le décès de leur père et la démission de leur mère. Isabelle, toujours si joyeuse, pétillante, drôle… et d'une gentillesse infinie.

Ne serait-ce qu'à cause de cette faute, elle se sentait plus déterminée que jamais.

Les Rossi devaient être châtiés !

Ils n'avaient peut-être pas tué Thomas Seymore de leurs mains, mais c'était tout comme. Dès le lendemain de leur visite, en une nuit, les cheveux de son père avaient blanchi. Jamais il ne s'était remis du fait de perdre parts et capital de sa propre société, et son statut social avec.

Quant à sa mère... Une fois son mari devenu l'ombre de lui-même, Jane Seymore n'avait pas supporté de quitter sa maison, de voir ses meubles vendus et ses amis lui tourner le dos. Ses filles avaient dû précipitamment abandonner leur excellente et très coûteuse école privée, et la faillite avait été officiellement prononcée quelques mois plus tard – c'en était trop pour les nerfs de la malheureuse.

— J'espère que Gianni va revenir bientôt ! Je n'aime pas trop les réunions avec Alessandro tout seul.

Amélia s'extirpa de ses pensées. La salle s'était remplie.

— Oui, il est tellement austère...

— Au moins, après cette réunion, on saura enfin avec quelle compagnie on signe le deal. La valse-hésitation entre les deux candidats dure depuis des mois : vivement qu'on tranche.

Quelles paroles réconfortantes ! Pour la première fois depuis le début de la matinée, Amélia sentit son cœur s'apaiser.

Elle touchait au but. En effet, à l'issue de cette rencontre, elle aurait guidé Rossi Industries vers le mauvais partenaire, et l'effet domino dévastateur suivrait.

D'ici quelques semaines, tandis que l'empire immobilier des deux Italiens s'écroulerait, sa sœur et elle seraient installées à la terrasse d'un grand restaurant de Londres.

Avec bonheur, elles dégusteraient une douzaine d'huîtres ou un gaspacho : un plat froid et savoureux pour accompagner la vengeance.

Oui. Aujourd'hui, c'était le jour J.

2

Tout en écoutant la présentation de sa cheffe de projet, Alessandro parcourait les pages du dossier. Amélia possédait une éloquence naturelle et un art de la concision très appréciable.

Se tenant à gauche du grand écran, elle était en train de décrire les deux sociétés envisagées pour le partenariat, et il releva une fois encore le goût de la jeune femme pour les tenues discrètes. La petite robe grise qu'elle portait aujourd'hui s'ouvrait par un long zip sur le côté, comme celle qui révélait la grâce de sa silhouette ce soir-là, à Hong Kong… Sa mémoire lui renvoya le son étouffé du vêtement tombant sur le sol. Juste avant qu'il pose les yeux sur ses seins ronds, moulés de dentelle. La lune généreuse de son fessier était elle aussi galbée dans un slip sous lequel il avait, un instant plus tard, glissé les doigts…

— Et c'est bien là le problème auquel nous faisons face, énonça Amélia devant l'ensemble des cadres, suspendus à ses lèvres.

Alessandro avala une gorgée de café afin de se ressaisir, conscient que la quantité de caféine à absorber dans ce dessein risquait de se révéler déraisonnable.

Bloquant l'entrée de son esprit à toute nouvelle image venue de Hong Kong, il se concentra sur ce qui se passait à l'intérieur du Rubis… et se rappela comment il avait embauché Amélia deux ans auparavant.

La responsable des ressources humaines avait été impressionnée par sa capacité de travail, car la jeune femme avait suivi un cursus aussi exigeant qu'ambitieux en effectuant de nombreux petits jobs d'étudiante.

Comme il le faisait avec tout nouveau salarié, il lui avait souhaité la bienvenue lors d'un bref entretien. Dans ces circonstances, Alessandro racontait le parcours de Rossi Industries et cherchait à mettre à l'aise sa récente recrue, mais… La jeune femme n'avait pas ri à ses plaisanteries. Elle s'était montrée insensible à ses efforts. De marbre, elle avait hoché la tête une ou deux fois et, perplexe, il l'avait libérée. Timidité, sans doute, avait-il conclu sans accorder à l'affaire plus d'intérêt.

Cependant, « l'assistante à la direction de projet » avait continué à l'ignorer, ce qui s'avérait tout à fait inhabituel.

Son cousin Gianni était apprécié des employés pour sa courtoisie, son calme et son humour, alors qu'Alessandro traînait au Rubis une réputation – parfois même le surnom – de « moine ». Pour autant, sans aucune arrogance, il devait constater qu'autour de lui, ses collaborateurs lui manifestaient une attention soutenue. Peut-être parce qu'il exprimait lui-même une concentration de tous les instants ? Ou bien parce que, chez Rossi Industries, la rémunération était plus généreuse qu'ailleurs, de même que les possibilités d'évoluer dans la hiérarchie ? En tout cas, Alessandro était habitué à sentir les regards peser sur lui dans les couloirs et à voir un sourire spontané surgir sur le visage d'un interlocuteur.

Sauf sur celui d'Amélia.

Au fil du temps, il avait cessé d'y prêter attention. Elle était tellement brillante que le reste l'indifférait. Et puis, sans aller jusqu'à se faire de grands amis parmi l'équipe, elle s'était parfaitement intégrée. Ses collègues vantaient son efficacité, son sérieux.

L'épaisse et soyeuse chevelure auburn qu'il avait découverte six semaines plus tôt était toujours sévèrement comprimée dans un chignon, au bureau. Il se rappela les boucles qui cascadaient sur la peau diaphane de ses épaules, au-dessus de ses tétons roses et durcis, le matin de leur nuit blanche.

Elle était petite et dotée de proportions harmonieuses. Sous la ligne admirablement dessinée de ses sourcils bruns brillaient de grands yeux d'un bleu joueur, presque vert, sauf... Sauf lorsque, ivre de plaisir, secouée de spasmes, elle levait vers lui un regard bleu saphir et qu'il s'enfonçait en elle pour...

— Il est clair que le choix ne sera pas seulement décisif dans le cadre d'Aurora mais, plus globalement, pour l'avenir du groupe.

Cristo ! Il était impératif qu'il se domine ! Son échec à y parvenir était d'autant plus cuisant qu'Amélia, elle, y réussissait sans effort apparent.

Elle avait tenu parole, depuis leur retour : dans leur relation, rien n'avait changé. Pour sa part, elle se comportait comme si cette nuit-là n'avait pas eu lieu. *Allons*, songea-t-il, *un peu de patience*. Il n'aurait plus aucune raison de discuter cinq fois par jour avec Amélia Seymore dès que le projet Aurora serait lancé.

Au terme de cette réunion, elle redeviendrait un nom parmi tant d'autres dans le cénacle des cadres de Rossi Industries, et il retrouverait la paix.

Au moment de parvenir à la conclusion, Amélia sentit la salle frémir. Toute l'équipe voulait connaître son choix et enclencher le partenariat – passer à l'étape d'après. Pas un seul de ses collègues, néanmoins, ne se doutait de ce qui allait arriver à Rossi Industries.

La présentation était destinée à faire croire que les deux compagnies envisagées pour accompagner un puissant développement industriel à l'international, Chapel Développement et Firstview Ltd, rivalisaient de mérites et d'avantages. En réalité, si Rossi choisissait Firstview, la livraison afférente des douzaines d'immeubles d'habitat de par le monde avorterait – parce que le capital de Firstview était miné.

Amélia avait dû travailler dur, très dur pour trouver une société avec laquelle les cousins envisageraient de s'associer. Une société condamnée à une faillite certaine sans que ni Alessandro ni Gianni ne puissent le découvrir avant signature.

C'était bien davantage qu'un tour de passe-passe : il s'agissait d'un coup de maître dont elle n'était pas peu fière. Relevant la tête vers ses collègues, elle les scruta. Ils souriaient. Elle lisait dans leurs yeux le respect, l'ambition, la satisfaction d'anticiper une prime très substantielle en fin d'année. Alessandro le premier pouvait se réjouir puisque, sur le papier, Rossi Industries s'apprêtait à devenir leader mondial de la construction de logements neufs. Il se voyait sûrement déjà multimilliardaire, serrant la main des plus grands chefs d'État de la planète.

Cet individu l'écœurait. Sa cupidité d'aujourd'hui était la même que dix ans auparavant, et c'était elle qui l'avait conduit à terroriser, brimer, voler son pauvre père – terrasser toute sa famille.

— Il me semble donc évident que Firstview est le seul

et unique partenaire idéal pour accompagner un développement aussi important par son ampleur architecturale, financière et géographique. Le seul capable de nous porter jusqu'à notre objectif.

Par ces mots, elle venait de porter le coup fatal. D'entamer un processus de destruction aussi mortel que si elle avait armé une bombe à retardement.

Enfin ! Dix ans après, Alessandro et Gianni Rossi allaient rendre compte de leurs crimes. Amélia piaffait d'impatience à la perspective de danser sur les ruines de leur société.

Il y avait comme une fausse note quelque part, mais Alessandro ne parvenait pas à la situer. Cette impression avait surgi lors de la réunion du matin, à peu près vers l'heure où Amélia concluait sa présentation du projet Aurora.

En consultant sa montre, il eut l'agréable surprise de constater qu'il n'était pas si tard : 21 h 45. S'il filait maintenant, il pourrait s'offrir une heure dans sa salle de sport avant de dîner et de relire les contrats d'Aurora, en quête du détail qui chiffonnait son inconscient.

Depuis dix ans que Gianni et lui avaient repris à l'Anglais sa société immobilière pour en faire un empire, Alessandro écoutait toujours son sixième sens. Or celui-ci lui soufflait qu'il y avait un grain de sable dans les rouages.

Durant une fraction de seconde, il fut tenté d'appeler son cousin et sourit de ce réflexe. Avant midi, il lui avait envoyé par texto la nouvelle de leur choix porté sur Firstview Ltd. Mais les quinze jours estivaux de congé de Gianni étaient sacro-saints. Personne n'avait jamais osé braver son interdit et le déranger tant qu'il se trouvait aux

Caraïbes. Non, pas même Alessandro car, dans la mesure où son associé se tuait au travail toute la semaine, le restant de l'année, il méritait bien qu'on respecte ce break.

Après avoir éteint son ordinateur et enfilé sa veste, il emprunta la galerie circulaire menant aux ascenseurs. La coursive, entièrement vitrée, offrait un panorama à 360 degrés sur la ville et faisait la fierté de son architecte, Rob Weller, à qui les Rossi avaient confié la conception du Rubis. Terminé cinq ans plus tôt, le building abritait un immense cabinet de dentistes, des archives et les bureaux de nombreuses entreprises, parmi lesquelles un quotidien national et un studio de télévision. Seuls les cinq derniers étages étaient exclusivement réservés à Rossi Industries et ils comprenaient une crèche, une infirmerie, un centre sportif, un salon de massage, une bibliothèque, deux restaurants et un café apprécié pour son immense terrasse. La configuration des bureaux était double, classique ou en *open space*. Le dernier niveau, avec ses magnifiques jardins suspendus et les deux bureaux directoriaux, n'était accessible qu'à Gianni et à lui, même s'il leur arrivait plusieurs fois par an d'y organiser des festivités pour l'ensemble des employés.

Alessandro aimait cette vue plongeante, depuis la galerie, sur cet accomplissement. Il était fier de Rossi Industries, fier de ses équipes, fier de les voir épanouis à leur poste…

« Je me fiche que tu sois fatigué ! Tu vas finir ton travail, et tu ne t'arrêteras pas avant, c'est compris ? » tonna, terrifiante, la voix de son père dans sa mémoire.

Alessandro n'avait plus peur de ce ton vicieux. Il était trop heureux d'avoir réussi à fuir sa propre enfance et les démons paternels. Jamais il ne ressemblerait à Saverio Vizzini, jamais il n'aurait sa cruauté.

Lorsque les portes de la cabine s'ouvrirent devant

lui pour le conduire au premier sous-sol, il eut le temps d'apercevoir les salles de l'étage trois niveaux au-dessous du sien… parce qu'elles étaient éclairées.

Et, au lieu d'appuyer sur le bouton du parking, il posa l'index sur le numéro 64.

Plus tard, il se demanderait souvent comment les choses auraient tourné s'il était directement descendu récupérer sa voiture.

Elles avaient réussi !

C'était fait !

Juste après la réunion, Amélia avait envoyé à Issy un texto l'informant que leur plan avait fonctionné, et que les deux cousins allaient mordre la poussière.

Leur déchéance serait moins violente que celle de leur famille. Des mois passeraient avant que Rossi Industries ne coule à pic. Auparavant, il faudrait attendre que l'eau s'engouffre dans la soute en noyant un moteur après l'autre – le naufrage serait progressif, bien sûr.

Et c'était une très bonne chose, car cela laisserait le temps à Amélia de disparaître. Dès le retour d'Issy des Caraïbes, dans quelques jours, elle accepterait, de la part d'un concurrent imaginaire, « une proposition impossible à refuser » et, en réalité, elle saurait s'évaporer.

Le jour où les Rossi découvriraient avec effroi que non seulement Firstview devait déclarer faillite mais qu'ils étaient solidaires de ses dettes, ils seraient au même moment dans l'obligation de rembourser les contrats d'immeubles non livrés par Rossi Industries. Si les commanditaires obtenaient, de surcroît, des dommages et intérêts pour le préjudice subi… oui, tout s'écroulerait d'un seul coup !

Et elle serait loin.

Elle déglutit avec difficulté, en songeant à la colère d'Alessandro... Refusant toutefois de se laisser impressionner, elle haussa les épaules. Tant pis pour lui. Il n'aurait que ce qu'il méritait !

Elle était en train d'éteindre son ordinateur quand un frisson la traversa et elle comprit qu'elle n'était plus seule.

Il était là.

« Si c'est pour une nuit, seulement pour une nuit, je ferai tout ce que tu voudras. Il te suffit de me dire ce dont tu as envie. Vas-y, *cara*. Je t'écoute. »

Et le pire était qu'elle avait verbalisé ses désirs. Elle lui avait dit ce qu'elle voulait. Où. Comment. Non seulement il avait exaucé chacune de ses demandes, mais il était allé bien au-delà. Lors de leur étreinte du matin, il connaissait déjà tous les secrets de son corps. Il les maîtrisait si bien qu'elle avait eu trois orgasmes dans sa bouche avant de...

— Amélia ?

Oh ! bon sang. Elle ne pouvait pas le regarder dans les yeux. Pas tout de suite. Pas alors qu'elle devait se mordre la lèvre pour s'empêcher d'avouer le fantasme dont elle était la proie.

Lentement, elle hocha la tête et comprit qu'elle ne pouvait éviter de se retourner sans éveiller son attention – voire ses soupçons. Aussi, de mauvaise grâce, elle pivota sur ses talons.

Hélas, elle avait les yeux humides.

Pas à cause de lui ?...

Furieuse contre elle-même, elle plaqua un sourire fallacieux sur son visage et s'enquit :

— Tiens, monsieur Rossi ! Que puis-je pour vous ?

Une ombre passa dans le regard brun de son patron, comme la manifestation subtile d'une rage sourde. Amélia sentit son cœur battre à coups redoublés.

— Rien, répondit-il. Que faites-vous encore ici à cette heure tardive ?

— En effet, je ne m'étais pas rendu compte qu'il était si tard, prétendit-elle avec un petit rire nerveux. Justement, j'allais partir.

Prononçant ces paroles, elle demeura interdite. Alessandro Rossi ne bougeait pas non plus.

Pétrifiée sur place, elle entendit le silence peser dans la pièce. Un silence qui servait de caisse de résonance au tam-tam tribal de ses tempes. De son pouls. Si seulement ce criminel n'était pas si… incroyablement attirant.

Magnétique.

Elle contemplait son costume qui moulait sa silhouette athlétique. Grand, Alessandro avait les épaules massives. Ses cheveux noirs étaient très souples et, souvent, une mèche tombait sur son front, faisant ressortir la teinte méditerranéenne de sa peau.

Retenant son souffle, Amélia se rappela la douceur de cette peau si lisse, et la fermeté de ses pectoraux, la puissance de son ventre et de son…

— Je vais vous accompagner, dans ce cas, suggéra-t-il. On y va ?

Une boule de feu au creux du ventre, elle cala la bandoulière de son sac sur son épaule et, suivant le geste galant d'Alessandro, le précéda en direction de la galerie.

Elle avait la chair de poule et, même si elle faisait semblant de mettre un pas devant l'autre avec aplomb, ses jambes ne la portaient plus. Du coton, elle tentait d'avancer sur deux tiges de coton…

Si seulement elle parvenait à se dominer en sa présence…

Si seulement elle était capable de claquer, une bonne fois pour toutes, la porte sur ses souvenirs de leur nuit à Hong Kong !

Emboîtant le pas de sa collaboratrice, Alessandro regrettait de s'être arrêté à cet étage. Quel imbécile ! Il s'infligeait une nouvelle fois frustration et honte, en favorisant un tête-à-tête avec la seule et unique employée qu'il devait éviter autant que possible.

Il suffisait qu'il soit en sa présence pour que son désir d'elle rejaillisse, plus intense encore que lors de cette fameuse nuit…

Ils traversèrent la galerie déserte en silence. Puis, ils restèrent immobiles, à attendre l'ascenseur, dans une gêne de plus en plus palpable.

Alessandro glissa une main sur sa nuque, contre le col amidonné de sa chemise où perlait la sueur.

— Je devrais peut-être descendre à pied, murmura-t-il en regrettant aussitôt d'avoir lâché cette absurdité.

Le regard que lui renvoya la jeune femme oscillait entre incrédulité et espoir.

— À votre guise.

La note amusée dans sa réplique lui donnait envie d'aller au bout de ce défi et de descendre soixante-quatre étages, ce qui lui épargnerait le passage en salle de sport…

Le tintement d'arrivée de la cage de l'appareil l'en empêcha et, à contrecœur, l'un et l'autre s'engouffrèrent dedans.

Prévenant le risque d'embarras supplémentaire, Alessandro voulut se montrer volubile.

— Toutes mes félicitations, dit-il en affichant un sourire admiratif.

Sur la défensive, la jeune femme lui décocha un regard farouche où il crut voir briller une sorte de culpabilité.

— Merci, répondit-elle avec sobriété.

— Vous allez fêter ça ?

Bon sang, elle n'avait aucune envie de lui parler, et

il revenait à la charge... Parce qu'il ne savait comment échapper à l'incendie de sa libido.

— Non, ma sœur n'est...

Amélia se mordit la langue, incapable de comprendre comment ces mots avaient franchi le seuil de sa bouche.

— Pas disponible, reprit-elle.

Être enfermée dans un ascenseur en tête à tête avec Alessandro justement ce soir... S'agissait-il d'un châtiment divin ? Des démons avaient-ils choisi de lui infliger ce supplice, une fois sa vengeance exécutée ?

Ou bien l'homme qu'elle venait de ruiner se doutait-il de quelque chose ? Impossible, voyons... Oh ! pourquoi est-ce que sa conscience la torturait alors qu'elle avait rendu la monnaie de sa pièce à son pire ennemi ?

S'astreignant au calme, elle rejeta ce carnaval de superstitions et de paranoïas loin d'elle. En réalité, depuis six semaines, elle n'était plus elle-même. En couchant avec celui qui avait crucifié sa famille, elle s'était perdue. La nausée la rattrapa. Bon, si une bonne petite dépression nerveuse l'attendait après le couronnement de deux ans d'efforts inouïs, il faudrait que cela se produise chez elle. Dans son appartement. Pas ici, à côté de cet individu qui lui avait donné tant de plaisir, lorsque...

« Respire tout doucement et compte jusqu'à dix, ma belle », conseillait-elle à sa petite sœur lorsqu'elles étaient adolescentes... Aujourd'hui, c'était Amélia qui avait besoin de suivre sa propre ordonnance. Issy se trouvait quelque part en mer des Caraïbes, sur le yacht où elle avait kidnappé Gianni Rossi.

Elle, à Londres, était condamnée à descendre six

dizaines d'étages, enfermée dans une boîte avec Lucifer en personne.

Son plan ne prévoyait pas qu'elle réagisse comme ça. N'était-elle pas censée exulter ? N'éprouver rien d'autre que l'ivresse du triomphe ?

— Si vous voulez discuter avec Ambre... Je pense qu'il ne faut pas hésiter. Demandez un rendez-vous aux ressources humaines, lança-t-il.

Éberluée, Amélia mit quelques secondes à comprendre d'où venait cette suggestion. Car ironiquement, d'ici quelques jours, elle irait en effet trouver Ambre afin de lui annoncer son départ de Rossi Industries.

Leur inexplicable nuit torride – *et* toute la matinée du lendemain – serait le cadet de ses soucis, elle n'aurait plus à redouter de croiser ni Alessandro, ni son cousin, et elle serait enfin libre !

— De quoi pensez-vous que je devrais parler à la direction des ressources humaines ? s'enquit-elle avec prudence.

Le regard qu'il lui lança était explicite.

— De Hong Kong.

— Ah, Hong Kong ! rétorqua-t-elle en affichant un air enchanté.

Mais sa voix était tendue lorsqu'elle enchaîna :

— Quel succès, n'est-ce pas ? Nous avons conclu le marché avec Kai Choi, il était tellement ravi qu'il nous a honorés d'un dîner chez lui, et puis j'ai retrouvé ma chambre à l'hôtel et vous, la vôtre. Je ne saisis donc pas ce que je suis censée en dire à Ambre.

Il observa un bref silence avant de soupirer :

— Alors il ne s'est rien passé ?

— Rien ! asséna-t-elle.

3

Alessandro ouvrit la bouche pour objecter et la referma. Il y avait cependant quelque chose de révoltant dans ce déni. Ce refus obstiné d'admettre ce qui leur était arrivé.

Lui aussi aurait préféré que cette nuit n'ait pas eu lieu. Seulement voilà : elle avait eu lieu.

Contrairement à Gianni, il n'était pas une cible privilégiée des tabloïds. Sa photographie passait souvent dans de grands titres de la presse financière où il apparaissait fidèle à lui-même : austère comme un moine dans un costume sombre, le regard sévère, arborant l'air concentré d'un joueur d'échecs.

Sa vie privée ne suscitait aucune curiosité, et il y avait une raison à cela : il n'en avait pas vraiment. Les femmes qui passaient dans sa vie étaient des maîtresses très occasionnelles, il ne voyait ses amis que pour déjeuner en tête à tête, et il ne sortait pas.

Une nuit de plaisirs avec une collaboratrice lors d'un déplacement pour affaires n'avait donc rien d'anodin. Au contraire, il s'agissait d'un séisme dont il n'était pas près de se remettre.

Et elle ? Se sentait-elle mal à l'aise dans les bureaux depuis leur retour d'Asie ? Jamais il ne se pardonnerait de lui infliger ce contrecoup : oui, il fallait qu'elle aille raconter ce qui s'était passé à Ambre, et qu'il assume ses responsabilités.

Lorsque les portes de l'ascenseur s'ouvrirent, la jeune femme jaillit dans le hall comme si elle avait le diable aux trousses et il la rappela :

— Amélia, attendez !

— Bonsoir, monsieur Rossi. À demain ! répliqua-t-elle sans se retourner.

Il lâcha un long soupir.

Oui. Il la verrait demain et cette fois, si nécessaire, il prierait lui-même la responsable des ressources humaines de recevoir Amélia.

Lentement, il traversa l'immense hall dallé de marbre de Carrare. Comme son portable vibrait dans sa poche, il songea à la tête que ferait Gianni, lorsqu'il lui avouerait qu'il avait couché avec une collaboratrice... Et il sentit un nœud se former dans sa gorge en lisant le nom de son cousin sur l'écran.

— Gianni ? lâcha-t-il, sidéré, en décrochant.

— Allô ? Tu m'entends ? s'enquit son cousin avec une inhabituelle nervosité. Écoute, j'ai très peu de temps ! Il faut que tu m'écoutes attentivement, Andro.

Abasourdi par l'initiative de Gianni, qui avait pour règle d'or de ne jamais permettre au monde réel de s'immiscer dans ses vacances, il balbutia :

— Oui, mais...

— Amélia Seymore, tonna Gianni. C'est la fille de Thomas Seymore !

— Quoi ?

Ce n'était pas possible. Il avait mal compris !

— Je t'entends mal ! plaida-t-il, certain que la liaison depuis les îles ou les mers caribéennes leur jouait un mauvais tour.

— Je te dis qu'Amélia Seymore est une intrigante ! Elle mène une op... nage depuis le j... nous. Sa sœur et elle... nous détruire.

Oh ! bon sang, ces microcoupures !

— Amélia Seymore ? répéta-t-il tel un imbécile, comme si son cerveau refusait d'assimiler l'information.

— Oui ! Seymore ! Le projet... compromis.

— Hein ? Quel projet ? demanda-t-il, réalisant aussitôt que Gianni n'avait pas entendu sa question.

Car, sans s'interrompre, celui-ci poursuivait :

— Et... prétend avoir trouvé... preuve de corruption contre nous !

À ces mots, Alessandro sentit la colère recouvrir l'incrédulité.

— Tu as dit « corruption » ? Comment ça ?

La frustration bouillait dans ses veines.

— Je ne sais pas mais... messages que j'ai lus... Amélia... « preuve » que nous serions « pourris ». Je... Caraïbes avec sa sœur ! Je la tiens... en l'empêchant de communiquer avec qui que ce soit et de causer davantage de dégâts.

Durant deux secondes de communication correcte, Alessandro entendit aussi :

— Mais toi, peux-tu neutraliser Amélia ? Il faut court-circuiter ce sabotage !

— Oui, je m'en occupe, promit-il en éprouvant une rage de vaincre et un désir de revanche si intenses qu'il eut l'impression d'être devenu Attila.

Il rangea son smartphone. Il se trouvait toujours au beau milieu de l'immense hall d'entrée, là où il avait regardé Amélia quitter précipitamment l'immeuble.

La fille de Thomas Seymore ! Infiltrée au sein de leur équipe dans le but de faire échouer Rossi Industries !

Amélia était donc capable de commettre un acte de

sabotage ? Cela paraissait relever de la science-fiction, et pourtant... Il se rappela le malaise persistant de la jeune femme en sa présence – depuis le tout premier jour. Son antipathie envers lui. Puis ses expressions de culpabilité. Ses hésitations, son irritabilité, ses sautes d'humeur. Cette révélation, un instant plus tôt, que, si elle devait faire la fête, elle le ferait avec sa sœur. « Ma sœur n'est pas disponible. »

Soudain, tout faisait sens. Y compris leurs étreintes coupables à Hong Kong.

Écœuré, il commença à mesurer l'étendue de sa bêtise. De sa naïveté. Elle s'était si bien jouée de lui !

Deux ans de comédie, deux ans à éteindre ses soupçons pour que, le soir où elle passerait à l'action, il ne se doute de rien.

Et lui, tel le dernier des crétins, il l'avait suppliée, lui promettant de lui donner tout ce qu'elle demanderait, cette nuit-là !

Sur le trajet jusque chez lui, Alessandro monta et dégringola des montagnes russes de sensations plus pénibles les unes que les autres. Effroi, honte et culpabilité grimpèrent le long de son œsophage jusqu'à ce que celui-ci se révolte.

Grâce à Gianni, il lui restait une chance de reprendre le contrôle de la situation. De mettre sur pied le plan parfait. Il lui suffisait de travailler efficacement cette nuit. Oui, les sœurs Seymore avaient mis le doigt dans un engrenage qui leur serait fatal. Et les Rossi allaient leur offrir une vie entière à regretter d'avoir tenté d'érafler leur empire !

Les deux mains sur la porcelaine du lavabo, Amélia fixait son reflet dans le miroir de la salle de bains. Après une nuit sans sommeil passée à fuir les accusations de sa conscience, la lumière matinale révélait sans pitié les cernes sous ses yeux et son teint anormalement pâle.

Elle *pouvait* y arriver, se répéta-t-elle pour la dixième fois. Encore quelques jours de courage et ce serait fini. Il lui suffisait de se montrer égale à elle-même vis-à-vis de tout le monde au bureau – et, si possible, d'éviter de croiser Alessandro !

N'avait-elle pas donné le change durant deux années ? Allons. Un ultime effort. « Lâche ce lavabo », s'ordonna-t-elle après avoir appliqué une dernière touche de blush sur ses pommettes.

Enfin, elle enfila son élégant blazer bleu marine sur sa robe beige, mit son sac en bandoulière et verrouilla la porte du minuscule appartement qu'elle partageait avec sa sœur à Brockley – banlieue populaire et calme.

Comme toujours, l'ascenseur était en panne, et la sueur perlait déjà au front d'Amélia lorsqu'elle parvint dehors, sur le trottoir brûlant de Nelson Street.

Elle allait tourner à gauche, en direction de son arrêt de bus, quand elle le vit.

Adossé à sa superbe limousine noire à vitres teintées, Alessandro Rossi se tenait juste devant elle.

Face à l'entrée de son immeuble.

Et, dans son costume anthracite, chemise blanche, cravate et chaussures de ville noires, avec son visage austère qui lui valait le surnom de « moine », il avait tout d'un tueur à gages dans un film hollywoodien.

Car un détail lui fit battre le cœur à toute allure. Il portait des lunettes de soleil de style aviateur. C'était la première fois qu'elle le voyait avec ce type d'accessoire, qui le rendait – comme si elle avait besoin de ça ! – encore plus attirant, encore plus sexy que d'ordinaire.

Pourtant… Pour une fois, elle n'avait pas besoin de lutter

contre le désir qu'il lui inspirait. Un frisson glacé courait sur sa peau, et elle avait la chair de poule.

— Vous... Vous m'avez fait peur ! s'exclama-t-elle en espérant conjurer, par cet aveu, la sensation pénible qui l'avait gagnée.

Que diable faisait-il ici ? Pourquoi était-il venu la chercher au pied de chez elle ?

Est-ce qu'il se doutait de quelque chose ?...

Déjà ?

Non. *Impossible*, se rassura-t-elle aussitôt. L'accès aux documents qu'elle n'avait pas falsifiés était impossible sans piratage informatique. Pour le moment, les placements calamiteux de Firstview n'étaient connus que de l'administration fiscale, et le processus de mise en faillite n'aurait pas lieu avant au moins trois mois – plus probablement six. Raison pour laquelle, d'ailleurs, le groupe Rossi Industries devrait payer les dettes de son partenaire.

— J'en suis navré, mademoiselle Seymore, répondit-il d'un ton qui affirmait le contraire. Je crains que nous ayons fort peu de temps.

— De temps ? Pour quoi faire ? demanda-t-elle, déstabilisée par son attitude.

Elle fit un pas vers lui. Une aura chargée d'électricité enveloppait Alessandro, qui n'ôtait toujours pas ses lunettes noires.

— Nous venons de recevoir une importante proposition. La construction de plusieurs complexes autosuffisants avec bureaux, habitat, galeries marchandes et espaces verts. Maintenant que le projet Aurora est bouclé, vous êtes libre et ça tombe bien : vous êtes la seule à pouvoir nous aider à conclure très rapidement.

C'était faux, pensa-t-elle. Le seul à pouvoir juger de l'intérêt d'une telle commande, de sa faisabilité, le seul à savoir en calculer les enjeux, en mesurer les difficultés en une nuit, c'était lui : Alessandro Rossi.

Ce qui signifiait qu'il comptait travailler en binôme avec elle.

— Euh, je, merci, je suis flattée, bégaya-t-elle. Mais il n'y a vraiment personne d'autre avec qui vous pourriez envisager de...

— Personne, non, affirma-t-il en l'interrompant. J'ai bien peur que vous soyez la seule cheffe de projet envisageable dans cette circonstance.

— Mais...

— Il y a un problème, mademoiselle Seymore ? interrogea-t-il.

Les verres fumés dissimulaient ses yeux, mais elle vit distinctement le pli courroucé entre ses sourcils.

— Non, bien sûr que non. Aucun.

Il se retourna, ouvrit la portière arrière et ordonna :

— Alors montez, je vous prie.

Il venait d'adopter un ton un peu plus onctueux, mais... Rien, dans son comportement, n'était conforme à l'image qu'elle se faisait de lui.

Avant tout parce que le patron imperturbable et au sang aussi froid que celui d'un dinosaure avait disparu au bénéfice d'un tigre de très méchante humeur.

Amélia s'engouffra à l'intérieur. Le confort de la profonde banquette en cuir et de l'air conditionné l'aida à ne pas céder à l'anxiété. Après tout, il était possible qu'il soit stressé par ce tout nouveau dossier.

Elle retint son souffle, cependant, quand elle sentit le corps immense et viril d'Alessandro à un mètre d'elle, et qu'il pria le chauffeur de redémarrer.

Ne rien trahir, s'enjoignit-elle. *Se concentrer.*

Elle parvint à suivre ses propres consignes à la lettre

jusqu'au moment où la limousine, au lieu de franchir le périphérique en direction du centre de Londres, s'engagea sur une autoroute.

— Où allons-nous ?

— En réunion. Pas très loin.

Se concentrer. Ne rien trahir. Compter jusqu'à dix. Hélas, non, cela ne fonctionnait pas bien...

— C'est une commande extrêmement importante, Amélia, reprit soudain son boss. Je tiens à ce qu'elle soit traitée avec le plus grand soin. Vous comprenez ?

— Oui, bien sûr, répondit-elle.

Ouf ! Fausse alerte. Réconfortée, elle prit le dossier qu'il lui tendait afin qu'elle commence dès maintenant à l'examiner.

En effet, découvrit-elle, le cahier des charges établi par le client, Chalendar Entreprises, ne manquait pas de défis à relever pour leurs équipes d'ingénieurs et d'architectes. Il s'agissait d'un plan très ambitieux destiné à des zones périphériques de villes italiennes moyennes, où vieux entrepôts et barres d'immeubles disparaîtraient pour céder la place à ces centres très modernes par leur système énergétique passif.

C'était exactement le genre de gestion qui passionnait Amélia. Mais elle serait partie longtemps avant d'avoir vu les premières maquettes. Ce serait probablement son collègue Brent Bennet qui récupérerait le dossier, baptisé Lexicon.

Comme la limousine s'arrêtait, elle leva les yeux de ses papiers et, horrifiée, regarda autour d'elle.

L'horizon sur le bitume... Ils étaient à l'aéroport, sur le tarmac réservé aux jets.

— Alessandro, où a lieu cette réunion ?

Sans répondre, Alessandro descendit de voiture et laissa la portière ouverte pour la jeune femme avant de se diriger vers le jet.

Mieux valait qu'il s'exprime le moins possible : la rage qui sourdait en lui était telle qu'il aurait pu lui hurler au visage le fond de sa pensée – agrémenté d'une flopée de noms d'oiseaux. Or le temps de permettre à la colère de sortir n'était pas venu. Pour l'heure, il y avait beaucoup plus important à régler.

Elle posa un, puis deux escarpins sur le tarmac. Dans sa robe crayon couleur crème et son petit blazer élégant, la chevelure relevée en chignon bien lisse, elle avait tout de l'insoupçonnable héroïne de thriller... Comme il s'immobilisait pour attendre que son ennemie jurée le rejoigne, il maudit son corps de rester sourd au message. Les effluves de jasmin et de rose qui lui caressaient les narines aggravaient son érection – ce qui décupla son ressentiment.

Rien ne laissait au fond de la gorge un goût si amer que la trahison. Il le lui ferait comprendre dès qu'il lui soutirerait l'aveu de ses forfaitures. Qu'avait-elle saboté, au juste ? Quand ? Comment ?

Alessandro avait défini une marche à suivre extrêmement simple : isoler, interroger, éliminer.

Personne, non, personne hormis le père de la criminelle, Thomas Seymore, n'avait réussi à lui jeter tant de poudre aux yeux, à se jouer de lui de façon aussi spectaculaire. Il étouffa un petit rire jaune. Dire que Gianni et lui avaient cru recevoir, dix années plus tôt, une leçon les délivrant à jamais de leur naïveté ! Eh bien ils s'étaient lourdement trompés.

Rétrospectivement, la partie la plus humiliante de cette histoire, c'était sans doute le sentiment de toute-puissance de cette fille qui n'avait *même pas jugé utile de dissimuler son patronyme*. Elle ne doutait de rien !

Certes, Gianni et lui ne s'étaient jamais souciés de savoir si le vieux Seymore avait des enfants. En outre, à quelques variations orthographiques près – Seymor, Seymour, Seymore –, il s'agissait d'un patronyme banal, en Grande-Bretagne.

Tout de même ! Une certaine Amélia Seymore postulait chez eux, et ils n'y voyaient que du feu ! En deux ans, elle avait pris tellement de galon qu'elle était devenue un pilier de leurs équipes de direction !

— Monsieur ?

— Quoi ? cria-t-il.

Lucinda, hôtesse de son personnel de bord à son service depuis six ans, parut stupéfaite par la réaction de son patron.

— Je vous prie de m'excuser, Lucinda. Ne prêtez pas attention à ma mauvaise humeur.

Il se retourna et, rassuré, s'aperçut qu'Amélia n'avait pas surpris cet échange. Pendant qu'elle discutait avec la copilote, il alla s'installer et ferma les yeux pour respirer lentement. Il fallait qu'il reprenne ses esprits.

— Un café, monsieur ?

— Volontiers, Lucinda. *Grazie mille.*

Tout irait mieux quand ils seraient à la Villa Vittoria. La maison où il trouvait refuge chaque week-end serait le lieu rêvé pour faire cracher ses trahisons à la fille du vieil escroc.

Alessandro ne put retenir un sourire diabolique. Il n'était pas mécontent de traîner Amélia Seymore sur la scène du crime commis par son père !

4

— Nous allons décoller. Si vous voulez bien attacher votre ceinture ?

Lucinda sourit en regardant les deux passagers obtempérer.

— Parfait. La météo nous est favorable, nous arriverons dans deux heures.

Alessandro sourit à son hôtesse et fixa sa compagne de voyage. Installée dans le fauteuil en vis-à-vis, comme chaque fois qu'ils prenaient l'avion ensemble, elle était plongée dans l'examen des bons de commande de Chalendar Entreprises.

Bon sang, il allait falloir qu'il se montre très patient s'il voulait *tout* savoir. Par exemple, pour quelle raison elle avait couché avec lui. Avait-elle prévu de lui soutirer sur l'oreiller des informations sensibles au sujet de Rossi Industries ? Pourtant, ils n'avaient pas échangé un mot à propos du travail, durant cette nuit insensée…

Décidément cette étape du sabotage des deux sœurs conservait tout son mystère. Une chose était sûre : de sa part à lui, il s'agissait d'une faute impardonnable. Une faute qu'il était programmé pour *ne pas* commettre : nom d'un chien, à l'inverse de son cousin, il n'avait rien d'un don Juan !

Cet épisode n'était pas la seule énigme. Que signifiait cette histoire de corruption ? De « preuve » qu'aurait trouvée Amélia ? C'était rigoureusement impossible. Le mot à lui seul suffisait à faire vomir Gianni comme Alessandro.

À bien y réfléchir, peut-être fallait-il interpréter le message indiquant une « preuve de corruption » comme un signe de faiblesse. Il y avait une dimension très ingénue, dans l'entreprise des sœurs Seymore. À tout le moins, le fait qu'elles aient tenté de les coincer pour malhonnêteté montrait l'étendue de leur stupidité : elles ne connaissaient pas leurs cibles.

Le but à atteindre, en ce qui le concernait, était simple : faire en sorte qu'après avoir collecté toutes les informations nécessaires, ni son cousin ni lui n'entendent plus jamais le nom de Seymore.

Le malaise d'Amélia n'avait fait qu'augmenter durant le trajet en limousine jusqu'à l'aéroport, et cela ne s'était évidemment pas arrangé à bord du jet. L'attitude de son patron se divisait en deux options, le silence de plomb ou la réponse monosyllabique.

Était-il possible qu'il sache ?

En tout cas, après l'atterrissage en Italie, ils se retrouvaient encore assis à l'arrière d'une voiture, et le chauffeur les emmenait quelque part du côté de San Giuseppe, dans la région de Sienne – seule information qu'elle avait réussi à obtenir de Giulia, la copilote.

Son estomac commençait à se nouer et à émettre des sons d'angoisse.

Était-il encore possible qu'elle fasse erreur ? Qu'elle cède à la paranoïa ? Non, décida-t-elle, il ne savait pas.

Dès son entretien de recrutement, elle avait été prévenue

que de nombreux déplacements à l'étranger seraient à prévoir et qu'ils impliqueraient des horaires décalés, voire sa disponibilité le week-end. C'était d'ailleurs à cause de cela qu'elle avait renoncé à se faire engager sous une fausse identité. Il s'avérait déjà ardu d'ouvrir un compte en banque sous le seul nom de jeune fille de sa mère, Clements. Mais se faire délivrer un passeport sans qu'y figure le nom Seymore ? Non.

Elle avait donc misé sur le fait que le jour où ils commettaient leur crime, les deux cousins ignoraient leur existence, à elle et à sa sœur. Et que, dans un corps salarial de près de mille personnes, il y avait peu de chances qu'un patronyme aussi ordinaire que Seymore déclenche une alerte.

La vitre était baissée, et elle tourna les yeux vers les collines arides, le ciel d'un bleu magique et les cyprès. L'air sentait si bon que, durant un instant, elle fut projetée dans le jardin de leur villa de Toscane. Là où toute la famille avait passé chaque été, jusqu'à ses quinze ans. Dans sa mémoire, l'odeur de l'écran total dont leur mère les enduisait se mélangeait avec celle des camélias et des oliviers. Ainsi que le fumet des petites tomates, rôties durant des heures par la cuisinière, servies sur les pâtes au basilic ou avec salade et petits piments… Le goût prononcé du sorbet au citron revint dans ses papilles, lui aussi.

Amélia n'avait pas remis les pieds en Italie depuis la révolution dramatique survenue dans leur vie un certain dimanche. Et, pendant un instant, elle eut envie de se blottir dans le nid de ses souvenirs. De ne pas leur permettre de s'évaporer. Son cœur battait du bonheur retrouvé d'entendre ses parents rire auprès de la grande piscine à mosaïque bleue. Dans ses sandales en cuir et son bermuda beige, son père exhibait sa peau d'un blanc laiteux, typique des Anglais. « Une peau à moustiques ! », aimait taquiner leur mère en regardant son mari poser des feuilles d'aloe vera sur ses chevilles rougies par les morsures.

Intrépide, sa petite sœur courait partout dans le parc et n'hésitait guère à s'écorcher les genoux sur les pierres des collines pour parvenir au sommet. En revanche, elle appréhendait les activités nautiques, et ne consentait à plonger que les bras garnis de gros brassards jaunes. Amélia se moquait gentiment d'elle en la narguant de ses mouvements de crawl et de brasse coulée…

Ses yeux étaient humides. Elle avait oublié tout cela. Le jour maudit où les Rossi étaient venus tout leur prendre avait marqué pour elle un commencement : la quête de la vengeance. Son inconscient l'avait protégée du chagrin de ce qu'elle avait perdu en le recouvrant d'un voile.

Soudain, elle sentit le regard de son compagnon de voyage sur elle. Un regard impitoyable.

Il savait, forcément. *Non, pas forcément*, argumenta-t-elle encore avec elle-même.

Alessandro ne pouvait pas avoir accès au détail des produits financiers détenus par Firstview.

Soudain, elle réalisa avec effroi que la faille pouvait avoir une autre origine. Et si le kidnapping de Gianni par Issy ne se déroulait pas comme prévu ? Et si l'autre Rossi avait…

— Quelque chose vous tourmente, mademoiselle Seymore ? s'enquit son patron d'une voix glaciale en la fixant avec intensité.

Amélia plaqua un sourire fallacieux sur ses lèvres.

— Non, rien, monsieur. Tout va bien.

Non sans effort, elle se replongea dans le dossier Lexicon. Son rythme cardiaque s'emballait. Jamais elle n'avait vu

Alessandro dans cet état d'irritabilité – non, cela ne lui ressemblait pas *du tout*.

Pourtant, le projet qu'il lui remettait était complet, la commande était bien réelle et... Elle sentit son cœur se pétrifier. Incrédule, elle fixa la date des trois derniers mails émanant prétendument du cadastre de Pise. Ceux qui contenaient la copie conforme des parcelles.

Oh ! bon sang. Pas un fonctionnaire d'une administration italienne ne travaillait le 2 juin, pour la *Festa della Repubblica*. Il était impossible, rigoureusement impossible qu'un quelconque certificat ait été tamponné le jour de la fête nationale en Italie !

— Vous avez rassemblé ces documents vous-même, monsieur Rossi ? demanda-t-elle en dissimulant sa panique de son mieux.

Sans un mot, il la regarda droit dans les yeux et acquiesça d'un hochement de tête.

Amélia sentit tout son sang refluer.

Il savait.

Et puisqu'il savait pour elle, il savait aussi pour sa sœur !

Naturellement, en montant ce dossier si vite, Alessandro courait le risque d'y laisser de quoi éveiller la suspicion d'Amélia – rien n'échappait à son œil de lynx. Mais il n'avait guère eu le choix. Et surtout, maintenant que la voiture sinuait à flanc de colline en direction des grilles de la propriété, quelle importance ?

Elle savait qu'il savait. C'était inscrit en lettres lumineuses sur son visage plus cireux que celui d'une statue.

Il retint un sourire satisfait. Oui, elle avait l'air pétrifiée sur la banquette, le regard perdu dans le paysage comme si elle y cherchait la solution... Son calme apparent aurait presque pu forcer son admiration, si elle ne lui avait pas inspiré tant de fureur et de ressentiment.

Tant mieux si elle avait deviné toute seule : il n'aurait pas à se donner la peine de lui annoncer qu'un nouveau jeu commençait. Un jeu dont il était le seul maître et dont elle devrait suivre toutes les règles puisque, chez lui, elle serait à sa merci.

Comme il sentait son sang bouillir dans ses veines, il serra les poings. Allons, un peu de flegme. Il était en position de force, et il lui suffisait de poser les cartes les unes après les autres.

Les grilles s'ouvrirent sur le colossal domaine de cent hectares où, face à des prairies qui s'étendaient à perte de vue, Gianni et Alessandro avaient fait édifier leur villa. Elle valait désormais une fortune, mais pour rien au monde ils ne s'en sépareraient.

C'était surtout le terrain auquel Alessandro était particulièrement attaché. Et plus spécifiquement la parcelle centrale avec ses champs de fleurs sauvages. Car les bleuets, les marguerites et les coquelicots qui couvraient des douzaines d'hectares de terre non cultivables et non constructibles avaient coûté des années et des années d'efforts quotidiens aux cousins. Deux adolescents avaient investi toute leur sueur dans des travaux très durs, à un rythme inhumain, afin d'acquérir de quoi créer un premier lotissement... Et, à cause du vendeur qui s'était bien moqué d'eux, ils s'étaient retrouvés à la case départ. À devoir rembourser un emprunt avec un taux d'intérêt scandaleux pour une terre inexploitable, invendable. À serrer les dents pour économiser encore de quoi bâtir leur affaire – mais plus tard, bien plus tard.

Ces fleurs des champs rappelaient à Alessandro d'où il venait, et quelle détermination il leur avait fallu, à

Gianni et à lui, pour se hisser là où ils étaient aujourd'hui. Personne ne pourrait les faire rougir de leur réussite : non seulement ils n'avaient eu droit à aucun cadeau, dans la vie, mais le destin ne s'était guère montré clément envers eux durant leur enfance.

Il n'y avait pas eu que le destin. Il y avait eu des hommes abjects ; la figure de proue de leur armada, c'était Thomas Seymore.

Le vieil escroc qui, en voyant arriver deux gamins de dix-huit ans des étoiles plein les yeux et trois sous en poche, s'était frotté les mains. Il avait eu tort de les prendre pour des nigauds qui se laisseraient plumer sans se rebiffer. Et il avait payé le prix de sa vilenie.

De toute évidence, aujourd'hui, c'était au tour de la fille de recevoir une bonne leçon, et Alessandro n'aurait pas besoin de se faire prier. Il était prêt.

Tandis que la voiture suivait le chemin de terre créé entre les champs, il se remémora leur décision non sans fierté : après ce mauvais coup, ils auraient pu chercher des victimes, eux aussi, et revendre la parcelle en l'affichant comme constructible. Mais cela signifiait qu'ils deviendraient des truands – hors de question.

Ils s'étaient plutôt promis d'acquérir un jour les terrains limitrophes et, grâce à l'un d'eux, la Villa Vittoria était apparue. Une société historique des monuments et du patrimoine de Toscane ayant démontré l'existence en ces lieux, trois siècles auparavant, d'un presbytère rasé depuis, Gianni et Alessandro avaient fait édifier, dans la même pierre et dans le même esprit architectural, une villa ultramoderne, alimentée par énergie solaire.

Si, à l'époque, c'était un pari fou que de conserver ce coûteux et inutile morceau de Toscane à la lisière de l'Ombrie, Alessandro ne pouvait désormais que se féliciter de leur audace. Non seulement cette villa perdue au cœur de la campagne lui offrait un refuge merveilleux pour se ressourcer, mais les champs de fleurs lui rappelleraient toujours que sa réussite était le fruit d'une revanche.

— Quel intérêt de me conduire ici ? s'enquit la fille de l'arnaqueur d'une voix blanche.

Alessandro se tourna vers elle et planta dans ses yeux bleu-vert un regard intraitable.

— Parce qu'il est grand temps, je crois, que tu assumes les conséquences de tes actes, asséna-t-il.

À sa stupeur, loin de trembler ou de paraître décontenancée, sa compagne releva le menton et le toisa avec superbe.

— C'est amusant, répliqua-t-elle. J'allais te dire exactement la même chose.

Malgré l'adrénaline qui lui donnait le cran et l'énergie de répondre aux attaques fielleuses d'Alessandro, Amélia n'en menait pas large.

Alors qu'elle connaissait tout ce qu'il était possible de savoir au sujet des cousins Rossi, de leur biographie, de leur parcours d'entrepreneurs et de leur fulgurant succès dans l'immobilier, jamais elle n'avait vu de photo de leur propriété en Toscane. Certes, grâce aux recherches d'Issy, elle savait qu'ils en possédaient une, mais jamais elle n'aurait imaginé qu'ils avaient tant de terres. Il y avait déjà plusieurs minutes que la limousine avait franchi le portail et qu'elle traversait d'interminables prairies.

Quant à la réponse à sa propre question, elle la connaissait. Il l'avait emmenée ici pour la tenir à sa merci. Eh bien, il allait avoir une mauvaise surprise. Il l'avait sous-estimée.

Un frisson glacé la parcourut malgré la chaleur écrasante :

son plan avait échoué, il n'y avait pas de quoi pavoiser. L'urgence numéro un, c'était sa sœur. Le dernier message qu'elle avait reçu d'elle, c'était la photo de sa cabine sur le yacht où elle attirerait Gianni. Or, ce texto remontait déjà à la veille.

Malgré son désir de se jeter sur son smartphone et d'appeler Issy, Amélia se contint. Il fallait la jouer fine. Dès qu'elle se serait assurée qu'Issy allait bien, il faudrait qu'elle découvre très exactement ce que savait son ravisseur, ce qu'il *croyait* savoir – et donc ce qu'*elle* serait encore en mesure de faire pour dynamiter Rossi Industries via le projet Aurora.

Il suffisait de le faire parler. Quel meilleur moyen d'y parvenir que de lui faire croire qu'il avait la main ?

La voiture ralentit, et Amélia sentit son cœur battre un peu plus vite. Elle imaginait un château flamboyant dans un parc planté d'eucalyptus… Eh bien non. Il s'agissait d'une propriété austère, avec sa façade de style presbytérien et ses hautes fenêtres à vitres blindées, très modernes. Plusieurs rangées de cyprès et de pins parasols ombrageaient l'édifice et, un peu plus loin, elle apercevait le pourtour en agate d'une fabuleuse piscine en L.

« Toujours le meilleur et rien que le meilleur pour les Rossi », comme disait Issy. Rageusement, elle se rappela comment les deux cousins avaient fait fortune, au moment où elle descendit de voiture.

Le luxueux sol en *terrazzo* du perron de la villa, le somptueux granit du chemin menant au pavillon de la piscine, véritable petit chef-d'œuvre d'architecture avec son élégante loggia en bois de chêne abritant les grandes douches extérieures, les vestiaires et les…

— Il y a un problème ? s'enquit Alessandro d'une voix glaciale.

Elle avait dû exprimer son écœurement par une grimace, réalisa-t-elle. Quant à lui, il dissimulait lâchement son regard derrière ses lunettes à verres teintés.

Il fit le tour du véhicule et vint se poster juste devant elle, comme pour tenter de l'impressionner davantage. La colère d'Amélia augmenta d'un cran.

— Oh non, voyons ! railla-t-elle. Quel problème pourrais-je avoir ? Hormis le fait que tu m'as kidnappée et que tu me retiens prisonnière dans un pays étranger où je n'ai ni argent, ni vêtements de rechange ?

À peine ces paroles lui eurent-elles échappé qu'elle les regretta. Il n'était pas très judicieux de lui permettre de mesurer son angoisse.

— Tu as ton téléphone ? demanda-t-il.

— Encore heureux, oui ! Et je ne...

Sidérée, elle le regarda tendre la main d'un geste autoritaire.

— Non, lâcha-t-elle. C'est hors de question.

Instinctivement, elle protégea son sac en le calant sous son bras.

— Personne ne viendra à ta rescousse ici, *cara*, prévint-il. Et je te tiens à mon entière disposition jusqu'à ce que je sache *très exactement* ce que tu as fait et comment je peux réparer les dégâts. Ensuite, sois certaine que tu seras exclue en bonne et due forme de mon existence et de celle de mon cousin.

Amélia sourit avec insolence.

— Parfait. Mais je garde mon téléphone, merci bien, dit-elle en se dirigeant vers le pavillon de la piscine en appuyant discrètement sur la touche d'accès rapide au numéro de sa sœur.

Il lui emboîtait le pas. Dans sa vision périphérique, elle le vit se saisir lui-même de son smartphone et presser un bouton. Instantanément, les barres du signal s'éteignirent sur le sien. Oh ! bon sang ! Qu'est-ce que ?...

— Tu as *bloqué le réseau* ? s'offusqua-t-elle en se retournant vivement vers lui.

— Évidemment ! avoua-t-il sans gêne. Tu es une menace. Une menace que je dois désactiver.

La violence de ces paroles et du reflet qu'elles lui renvoyaient en miroir la toucha davantage qu'elle ne l'aurait souhaité.

La porte du pavillon de la piscine, une baie vitrée, s'ouvrit en grand devant elle, comme sur commande électronique, et elle sursauta.

— Tu as faim ? Mon équipe a préparé quelque chose, dit-il en l'invitant à le suivre.

Il s'agissait en fait d'une luxueuse maison d'amis, comprit-elle en avançant dans le salon. De confortables canapés en laine bouclée beige et des fauteuils de cuir écureuil trônaient sous une charpente apparente, laissant deviner plusieurs chambres en mezzanine.

Amélia commençait à avoir la désagréable impression d'être introduite dans une prison dorée.

Mais s'il y avait des employés sur place, peut-être que...

— Avant que je leur donne congé pour la semaine, enchaîna-t-il, comme s'il avait lu dans ses pensées.

Une semaine ? Le cœur d'Amélia se mit à cogner à coups redoublés. Combien de temps comptait-il la retenir ici ?

— Sans blague ? J'ai droit à un repas avant le début de l'interrogatoire ? demanda-t-elle avec aplomb.

Le visage imperturbable, son kidnappeur resta immobile devant elle.

— C'est à toi de voir, confirma-t-il.

Il n'y avait plus de doute possible. Il ne s'agissait pas d'une plaisanterie : il la tenait prisonnière ici, et elle était coincée – sans ressource, sans possibilité de joindre l'extérieur.

— Très bien, lâcha-t-elle en dissimulant sa terreur autant que possible. Mais je te préviens : je ne dirai pas un mot tant que je n'aurai pas la preuve que ma sœur va bien.

5

Amélia Seymore le toisait d'un regard impérial et méprisant.

La morgue et le défi. Elle ne connaissait que cela !

Pour la première fois de sa vie, Alessandro se sentait tout près de perdre le fameux sang-froid grâce auquel il était devenu un géant de l'immobilier. Son masque de « moine » se fissurait, or cela ne s'était jamais produit depuis...

En fait, il n'aurait su dire depuis quand. Très tôt, il avait appris à dissimuler ses sentiments derrière une armure. Probablement dès le premier jour où son père s'était servi de ses poings contre lui – car Alessandro était déterminé à ne jamais ressembler à celui qui lui avait donné la moitié de son ADN. À ne jamais suivre l'exemple de ce monstre.

Il se détourna donc de la jeune femme avant de dire des mots qu'il regretterait – le genre de paroles pleines de venin qu'il n'avait pas hésité, en revanche, à jeter à la face de Thomas Seymore.

En lui, une petite voix lui soufflait qu'elle méritait pourtant de s'entendre dire ses quatre vérités. Sans doute cette odieuse intrigante déterminée à leur faire du mal ne méritait-elle pas sa clémence ! Pourquoi la lui accordait-il ? Lui avait-elle jeté un sort ?

Comme la gouvernante avait déjà dressé le couvert pour deux sur la table de la cuisine, il se contenta de remplir un pichet d'eau fraîche et de prendre une bouteille de rosé dans le réfrigérateur.

— Je me fiche complètement de ta sœur, déclara-t-il sèchement. En revanche, je m'inquiète de ce qu'elle est en train de faire subir à mon cousin.

Son invitée ouvrit la bouche pour protester et se ravisa. Elle se rappelait probablement avoir juré ses grands dieux qu'elle ne lâcherait pas une syllabe avant d'avoir eu vent de sa cadette. Isabelle.

Amélia et Isabelle Seymore, les deux filles de Thomas Seymore. Dire qu'il ne s'était jamais douté de leur existence avant le coup de fil de Gianni ! En vain, il chercha encore sur le visage de la jeune Anglaise les traits du vieux voleur qui avait osé aller jusqu'à la corruption de fonctionnaires afin de vendre à deux gamins une terre inexploitable.

Tout, dans la physionomie d'Amélia, était plus petit, plus rond, plus doux – plus délicat. Son père avait-il des yeux de ce bleu turquoise parfois orageux ? Des sourcils si fins et à peine plus foncés que ses cheveux aux reflets de miel de montagne ? Et cette bouche ourlée, rose, généreuse, faite pour...

Assez ! Au lieu de se laisser griser par le parfum de la victoire, il aurait dû prêter davantage attention, autrefois, à la famille Seymore. Sur le moment, ayant annoncé au scélérat que sa société n'était plus la sienne et que sa faillite allait engloutir jusqu'à son dernier sou, Alessandro ne s'était soucié que de rendre œil pour œil et dent pour dent à un être mauvais et nuisible.

Il sortit son smartphone de sa poche. Le verrouillage du réseau était effectif sur tous les autres appareils que le sien. Conscients des enjeux contemporains, Gianni et lui investissaient dans les infrastructures informatiques les plus avant-gardistes. Naturellement, ils protégeaient leur entreprise contre toute forme de harponnage électronique, et leurs domiciles privés bénéficiaient d'un système de verrouillage de réseau très efficace.

Il tendit son mobile à la jeune femme.

— Vas-y, dit-il. Appelle-la.

Tandis qu'elle se jetait sur l'appareil, il alla se servir un verre de vin.

Par mépris davantage que par délicatesse, il lui tournait le dos. Au fond, lui permettre de téléphoner à sa sœur ne lui coûtait rien. Et si cela la décidait à parler… Il voulait savoir ce qu'elle avait saboté, au juste.

La conclusion logique, celle qui s'imposait tout de suite à l'esprit, c'était le projet Aurora. Mais puisqu'elle était engagée chez Rossi Industries depuis deux ans, il pouvait y avoir bien d'autres dossiers noyautés par ses interventions ! Alessandro avait presque le tournis en songeant au nombre faramineux d'affaires auxquelles Amélia Seymore avait participé. Parce qu'elle était excellente.

Le claquement du mobile sur la table le fit sursauter. Il tourna la tête vers le visage colérique de sa collaboratrice.

— Elle ne répond pas ? demanda-t-il.

Son silence lui donna soudain envie de rire. Ce petit jeu avait quelque chose de si enfantin !

Mademoiselle boudait. Grâce au projet Aurora, des douzaines, des centaines d'immeubles allaient remplacer des logements insalubres. Énergie passive, isolation phonique parfaite, récupération et filtrage des eaux… Il s'agissait d'une quasi-révolution dans la construction de logements neufs où des millions de personnes vivraient mieux, été comme hiver, tout en voyant leurs factures mensuelles fondre. Mais Mademoiselle boudait !

Excédé, il voulut joindre Gianni, et tomba – encore ! – sur le répondeur. De guerre lasse, il appela James Caville, le capitaine du yacht de son cousin, et apprit que Gianni et Isabelle Seymore venaient de mettre pied à terre. Il fit répéter cette dernière information à son interlocuteur en branchant le haut-parleur. Puis, il raccrocha.

— Voilà. Satisfaite ?

Son invitée haussa les épaules en le toisant d'un œil soupçonneux. À vrai dire, à sa place, il n'aurait guère été plus convaincu, songea-t-il.

Il chercha donc sur son navigateur les images les plus récentes correspondant au stupide hashtag #lesexyRossi, un titre de gloire qu'Alessandro jugeait peu enviable et qu'il aimait renvoyer au visage de son cousin lorsque celui-ci le taquinait en l'appelant « le moine ».

Aujourd'hui, toutefois, Alessandro n'était pas d'humeur à rire. Il éprouva un curieux soulagement à trouver un cliché de Gianni le menton voilé de gris, sur la jetée de l'île privée, paradis pour stars, où il possédait une parcelle. À quelques mètres, une top model blonde posait sur lui ses immenses yeux bleus. Elle n'avait pas vu le paparazzi qui les ciblait, et elle ne semblait guère s'intéresser à « l'île des VIP », où tant de jeunes oisifs privilégiés rêvaient de passer un jour un week-end… Alessandro scruta ses traits. Malgré sa blondeur et ses vêtements chics, le doute n'était pas permis : c'était la sœur d'Amélia.

Il posa l'écran sous les yeux de sa prisonnière.

— Vérifie toi-même, suggéra-t-il. La photo a été prise il y a moins d'une heure.

Amélia fixait le cliché.

— Je veux lui parler.

— Je n'en doute pas, railla-t-il. Moi-même, je serais heureux de l'avoir au bout du fil : j'ai deux ou trois mots à lui dire.

Outrée, elle se leva et le foudroya du regard.

— N'essaie même pas de t'approcher d'elle, espèce de monstre ! menaça-t-elle.

— Monstre ? répéta-t-il avant d'éclater de rire.

Amélia sentit la nausée remonter en elle. Elle était épuisée par l'alternance d'attraction et de révulsion que lui inspirait cet homme. D'ailleurs, c'était certainement cet infernal balancier d'émotions qui lui donnait la nausée – *et* qui l'avait poussée à mentir à Issy.

Il avait fallu qu'elle se débarrasse d'Alessandro. Qu'elle soit certaine de le chasser de sa vie définitivement. La vengeance contre Rossi Industries était devenue vitale pour elle.

— Tu n'as nulle inquiétude à avoir à propos de ta sœur, insista-t-il. Gianni ne lui fera aucun mal, c'est un gentleman et…

— Ah ça, c'est certain : de vous deux, c'est lui le plus fréquentable, coupa-t-elle avant de se verser un grand verre d'eau et de le boire à petites lampées.

Il fallait qu'elle réévalue la situation avec sang-froid si elle voulait s'en sortir le mieux possible. Ce nouveau jeu pouvait lui réserver quelques bonnes cartes.

Par exemple… Il était peu probable qu'Alessandro repose un jour ses mains sur elle. Rectification, pensa-t-elle en voyant ses yeux assassins s'attarder sur elle : c'était exclu.

Allons, voyons, la panique était aussi improductive que puérile. Elle avait toujours su qu'il existait un risque pour que leur plan soit découvert. N'avait-elle pas répété cent fois dans sa tête son rôle dans le scénario qui se présentait aujourd'hui ?

Telle une espionne de film d'aventures retrouvant son sempiternel ennemi, elle lâcha un long soupir, prit le temps de s'asseoir à table, croisa les jambes et s'enquit d'un ton impérial :

— Eh bien, je vous écoute, monsieur Rossi. Lancez donc votre interrogatoire.

Il ne se fit pas prier une seconde fois et questionna sèchement :

— Qu'est-ce que tu as trafiqué, Amélia ?

— Oh ! il va falloir vous montrer un peu plus précis dans vos questions, monsieur Rossi, rétorqua-t-elle d'un ton suave, sourire narquois aux lèvres.

Ainsi qu'elle s'y attendait, cette reprise de contrôle déplut à son adversaire. Il rapprocha son siège de celui de sa prisonnière.

— Tu as fait quelque chose afin de nuire à Rossi Industries, reprit-il en la fixant avec sévérité.

Indifférente à son personnage de tortionnaire, Amélia resta silencieuse.

— Alors ? tonna-t-il, les narines frémissantes de colère.

Ignorant cette tentative d'intimidation masculine et stupide, elle leva le menton pour objecter, une note de provocation dans la voix :

— Alors quoi ? C'est une affirmation, non ?

Une expression de dangereuse frustration passa sur le visage de son hôte.

— Selon ta sœur, tu détiendrais une preuve de corruption contre nous, enchaîna-t-il.

Cette fois, Amélie sentit son pouls s'accélérer. L'accusation la conduisait en terrain glissant.

— Or, poursuivit-il, toi et moi, nous savons que c'est faux. Non seulement c'est faux mais c'est impossible. Il en découle cette conclusion : tu as menti. Soit à ta sœur seulement, soit à elle et à toi aussi. Mais, dans un cas comme dans l'autre, tu as agi de façon irrationnelle et désespérée. Ça ne me plaît pas. Alors je te le demande une dernière fois, Amélia : qu'est-ce que tu as saboté au juste ?

Naturellement. Il savait que c'était un mensonge. Oh ! bon sang, comment se tirer de ce mauvais pas ?

— Tu joues un jeu très dangereux, en gardant le silence.

N'y tenant plus, elle releva vers lui un regard révulsé et explosa :

— Je joue le jeu que *tu* as imposé il y a dix ans, et je suis *tes* propres règles !

Tout aussi énervé qu'elle, il répondit du tac au tac.

— Franchement, je me fiche éperdument de ce qui s'est passé il y a dix ans. Je me fiche de ce que tu trouves juste ou injuste dans ce qui est arrivé à ton père ! Ce qui m'intéresse, c'est le sort de près de mille collaborateurs chez Rossi Industries, et des innombrables sociétés avec lesquelles nous travaillons ! Ils risquent d'être gravement touchés par ta crise d'adolescence et…

— Ma « crise d'adolescence » ? répéta-t-elle, scandalisée.

— Franchement, lança-t-il, que toi et ta sœur, vous vous amusiez à venger l'homme le plus corrompu que j'aie rencontré de ma vie, c'est lamentable ! Et crois-moi, vu la foule de milliardaires, d'hommes d'affaires et de politiciens que je côtoie, dans ma bouche, ce titre de gloire n'est pas distribué à la légère !

Sans doute se montrait-il dur, pensa-t-il, mais elle l'y contraignait en refusant de collaborer.

— Tu peux t'épargner de me citer le gratin de ton carnet d'adresses, Alessandro ! aboya-t-elle. Tes mensonges ne risquent pas de me convaincre.

— Moi, je mens ? C'est *toi* qui as le culot de m'accuser de mentir ? s'offusqua-t-il.

— J'ai fait ce que j'avais à faire, lâcha-t-elle en guise d'explication.

— Et tu as pensé aux répercussions de tes actions ?

— Pourquoi serais-je comptable d'une responsabilité que tu as rejetée ? opposa-t-elle avec virulence. Tu t'es soucié des conséquences de ce que tu faisais, toi ? Ça ne t'a pas suffi de terroriser mon père. Tu lui as *tout* pris : sa société, ses maisons, ses amis, son statut social. Tu l'as brisé.

Malgré lui, il reconnut dans le regard vibrant de la jeune femme des émotions qu'il admirait : la loyauté, la fierté, et un amour filial indestructible.

Or il ne voulait pas se laisser attendrir. Il n'y avait aucune raison pour qu'il se sente fautif d'avoir fait payer à Thomas Seymore le prix de son escroquerie.

— Je me souviens de chaque détail de ce jour-là, tu sais, reprit-elle. De chaque parole que tu lui as dite.

Une lame glacée s'enfonça en lui. Alessandro déglutit avec difficulté.

Il s'était produit quelque chose dont il n'était pas fier, le jour où Gianni et lui avaient débarqué chez Seymore. Dans l'accomplissement de leur revanche, gagnés par une mauvaise ivresse, ils avaient pris un plaisir sadique à prononcer des mots abjects. Des mots tellement cruels... Alessandro avait eu tellement peur de ressembler à son père que, le soir même, il s'était juré de ne plus jamais se mettre dans cette situation. Son cousin avait fait le même serment : la prudence comme règle d'or, jusqu'à la méfiance s'il le fallait, mais, en cas de déroute, plus de vengeance.

— Ne fais pas ça, dit-il comme pour l'empêcher de lui rappeler le discours qu'ils avaient tenu, Gianni et lui.

Les yeux de Thomas Seymore étaient d'un vert assez pâle. Ordinaire.

La douleur qui animait le regard bleu-vert d'Amélia était si profonde qu'il en eut mal. Il se rappelait leur puissance magnétique, durant leur nuit à Hong Kong. Ses yeux avaient la flamboyance de ceux d'une panthère...

— Ce n'est peut-être pas toi qui l'as rendu alcoolique, mais tu as placé la bouteille devant lui, accusa-t-elle. Tu ne l'as pas tué de tes mains, mais tu as creusé sa tombe, Alessandro. Toi et ton cousin Gianni, vous l'avez condamné à mort !

— Amélia, tu n'es pas stupide, dit-il. Comment peux-tu croire que deux gamins de vingt ans auraient pu si facilement faire tomber la société immobilière de ton père si elle n'avait pas été pourrie jusqu'à la trame ? La vérité, c'est que la faillite aurait été prononcée même si nous n'avions jamais figuré dans le tableau. Notre intervention a au moins permis une chose : que nous puissions reprendre les rares projets sains pour sauver quelques emplois... Tu n'as jamais cherché à savoir comment il en était arrivé là ?

Il soupira. De toute évidence, il prêchait dans le désert. Aveuglée par sa loyauté d'enfant, elle hurla :

— Non ! Je ne me suis pas posé la question *parce que c'était mon père* !

Furieux de se sentir si sensible à son chagrin, il serra les poings et répliqua :

— En attendant, tu ne détiens *aucune* preuve de corruption contre nous, et pour cause. Moi, en revanche, j'ai conservé tout le dossier de notre affaire avec ton père. Tu vas me faire le plaisir de l'éplucher !

Fou de rage, il quitta la cuisine, fonça hors du pavillon et se rendit à grandes enjambées dans la villa. Il ne lui fallut pas plus d'une minute pour trouver, dans son armoire à dossiers, celui qui concernait le vieux truand et le terrain inexploitable.

Lorsqu'il revint auprès de la jeune femme, elle n'avait pas bougé : au moins, elle avait compris que toute tentative de fuite se solderait par un échec humiliant.

C'était déjà ça, pensa-t-il avec fureur.

— Tiens, dit-il en jetant un regard courroucé en direction des champs de fleurs. Tu cherchais une preuve de corruption ? Bonne lecture !

Sur ces mots, il l'abandonna. Nul doute à avoir sur son obéissance, dans ce contexte. Elle serait incapable de ne pas consulter le contenu de la grosse boîte d'archives.

L'esprit tourmenté, il fit le tour de la piscine. La lumière avait changé, déjà : l'après-midi déclinait.

Durant de longues heures, sur une chaise longue et sous la fraîcheur de la pergola, tablette calée sur les genoux, Alessandro vaqua tranquillement à ses occupations. Entre la consultation de son courrier et ses recommandations à sa secrétaire, son travail prenait déjà un rythme plus alangui, plus conforme au silence environnant.

De temps à autre, il levait un œil au-dessus de ses lunettes de soleil, en direction de la maison d'amis. Derrière la baie vitrée, installée sur un canapé, Amélia Seymore avait l'air de décortiquer le dossier. Que cherchait-elle ? Une faille ? Le miracle qui innocenterait sa crapule de père ? Peine perdue !

Il sourit, certain qu'elle se rendait à l'évidence, lorsqu'il la vit se lever et porter une main à son front.

Bien. Elle était enfin contrainte d'affronter la réalité ! Alessandro savourait déjà sa victoire quand la frêle silhouette tituba, menaçant de s'écrouler.

6

La première chose qu'Amélia ressentit à son réveil fut une intense douleur au cœur. La bosse sur son crâne ainsi que son épaule endolorie l'obligeaient à se tenir immobile sur le côté… et pourtant, c'était son cœur qui lui faisait mal.

Elle tourna doucement la tête et, sous sa nuque, les coussins étaient si moelleux et si doux qu'elle voulut disparaître à tout jamais dans leurs plumes.

Un sanglot échappa mécaniquement à sa volonté. Le sanglot irrépressible d'une enfant perdant son père une seconde fois. Le regardant, encore et encore, s'engloutir dans l'alcool. Un père sourd aux suppliques de ses filles et de son épouse qui ne tarderait pas à l'imiter en absorbant chaque jour de quoi oublier le monde réel, et dériver au fil d'une dépendance inexorable.

Qui avait dû faire face, en plein naufrage, sans le secours des adultes ?

L'aînée. Seule Amélia s'assurait qu'Issy ait de quoi dîner à son retour du lycée, le soir. Qu'elle fasse ses devoirs. Qu'elle dispose de vêtements propres.

Amélia assumait les tâches les plus ingrates, y compris celle de dérober à sa mère l'argent dont elles avaient besoin pour les courses et que Jane Seymore dépensait sur le marché noir dès que ses ordonnances expiraient ou que les médecins freinaient sa consommation : calmants, antidépresseurs, régulateurs d'humeur et opiacés... Les pilules rythmaient ses jours et ses nuits. Une jaune pour se lever, une bleue pour ne pas pleurer, une blanche pour oublier, une, deux, trois vertes pour dormir. Autant de béquilles pour survivre après le décès de son époux, la vente de ses maisons et de ses bijoux, l'évaporation de son cercle mondain et sa chute vertigineuse sur l'échelle sociale.

Ces années-là avaient été horribles... Amélia elle-même n'aurait pas tenu le choc sans une bouée. Un objectif bien précis qui la guidait vers l'avenir aussi sûrement que l'étoile Polaire. Leur grand projet, à Issy et à elle : la vengeance.

Si elles avaient pu endurer le pire, c'était grâce à la certitude qu'un jour, elles feraient payer aux Rossi le mal qu'ils leur avaient infligé.

Soudain tout cela, le sens qu'elle avait trouvé à sa vie depuis une décennie, la somme invraisemblable de temps et d'efforts que sa sœur et elle avaient fournis, les sacrifices immenses qui allaient avec, deux années entières en infiltration chez Rossi Industries...

Cela n'existait plus !

Page après page, le dossier d'Alessandro venait d'atomiser son existence. Tout ce en quoi elle avait cru était faux, sale, indéfendable. Et elle n'avait rien vu. Rien compris. Jamais elle n'avait senti germer en elle l'ombre d'un doute sur la probité de son père.

Elle avait quinze ans à l'époque où Thomas Seymore avait perdu sa société, liquidée et démembrée quelques semaines après la visite des cousins Rossi. Amélia avait dû rendre visite à son père, dans ses bureaux de Londres, peut-être une ou deux fois. Lui-même déclarait que les affaires immobilières étaient accablantes d'ennui pour des petites filles : il n'en parlait jamais à la maison. Dès lors, il n'en était que plus aisé, pour Amélia et Isabelle, de se concentrer sur leur quotidien, sans mesurer l'étendue de leurs privilèges : lycée privé très réputé, leçons de piano et de danse classique, équitation, vacances à l'étranger... Alors, quand tout avait éclaté aussi brutalement qu'une bulle de savon, elle avait su qui en portait la seule et la complète responsabilité : les Rossi. Les deux Italiens venus insulter et menacer leur père un certain dimanche soir.

Ce dimanche pivot dans sa vie, marquant l'avant et l'après.

Sa mère avait préparé le traditionnel rôti de bœuf. Issy avait épluché et coupé les légumes, Amélia s'était chargée de la pâte du Yorkshire pudding et de la sauce au fromage.

Aujourd'hui encore, elle parvenait à sentir sur sa langue le goût du vin rouge, leurs parents les ayant autorisées, Issy et elle, à en boire un demi-verre.

La sonnette d'entrée avait retenti sans qu'aucun membre de la famille n'imagine ce qui était sur le point de se produire. Brenda, leur gouvernante, ne travaillait jamais le dimanche, et leur mère, une belle et joyeuse petite brune aux yeux bleus, s'était levée pour ouvrir.

Une minute après, à son retour dans la salle à manger, elle était livide et chuchotait quelques mots à l'oreille de son mari. À son tour, celui-ci s'était excusé.

Presque aussitôt, des cris s'étaient élevés depuis le bureau de leur père. Sans un mot, les adolescentes et leur mère avaient abandonné le repas pour se faufiler dans le couloir.

Malgré le fort accent étranger, les paroles ignobles prononcées par deux voix masculines tombaient les unes après les autres avec le tranchant d'un couperet.

— Tu es fini, le vieux ! Plus vite tu l'accepteras et mieux cela vaudra pour toi !

— Tout ce qui était à toi nous appartient, désormais, espèce de sale vermine ! T'as intérêt à t'y faire.

— Tout, absolument tout est à nous !

— Oui, tout. Dis adieu à ta société !

Issy et Amélia se tenaient serrées l'une contre l'autre, en regardant les deux monstres sortir du bureau de leur père. Des hommes jeunes, aux cheveux noirs, vêtus de costumes élégants.

Des hommes qui, pas un instant, ne regardèrent dans la direction de l'épouse et des enfants de leur victime.

Hélas, leur père, lui, ne vit plus jamais rien d'autre que sa propre déchéance dans le regard des trois femmes de sa vie. Il n'avait pas une chance de s'en remettre. Non, Gianni et Alessandro Rossi ne lui avaient pas accordé ne serait-ce qu'une porte de sortie.

La scène terrible prenait cependant un tout autre sens depuis qu'Amélia s'était plongée dans le dossier. Les deux jeunes Italiens débordant d'arrogance et de cruauté avaient l'air de ne rien exiger d'autre que réparation d'une injustice. Comment son père avait-il pu leur faire ça ? Il ne s'était pas contenté de profiter de deux proies naïves pour se débarrasser d'un terrain inexploitable. Il avait délibérément acheté cette terre pour deux sous, avant de soudoyer des fonctionnaires et d'obtenir un permis d'urbanisme pour la vente. Permis évidemment supprimé dès que les Rossi avaient tenté de l'enregistrer à leur nom.

C'était une escroquerie préméditée, organisée. À combien d'autres acquéreurs de biens avait-il infligé ce sort ?

Des larmes roulaient sur ses joues sans qu'elle s'en aperçoive. Les dégâts n'avaient jamais cessé de se multiplier, depuis ce jour maudit. Et désormais, c'était elle qui les perpétrait. Elle avait menti à Issy. Et... Oh ! bon sang ! Le projet Aurora ! Firstview !

Un sanglot sortit de ses lèvres, sous la forme d'une plainte d'animal blessé. Elle se couvrit la bouche de ses mains jointes et se roula en boule.

— Amélia...

Oh non. Elle n'était donc pas seule ? Que faisait-il ici ? C'était le bouquet : elle venait d'offrir le spectacle de sa vulnérabilité absolue – une vulnérabilité telle qu'elle ne s'était jamais autorisée à la manifester – devant Alessandro.

— Je regrette que... Ça va aller. Tu vas bien, bredouilla-t-il avec une gentillesse qui ne lui ressemblait pas.

Lentement, elle se retourna vers lui.

Elle se trouvait sur un lit, dans une pièce inconnue. Sur un tabouret, à son chevet, Alessandro avait l'air... Eh bien, il avait perdu sa fière allure. Le col de sa chemise toute fripée était ouvert, les manches roulottaient sur ses avant-bras. Son menton était voilé de noir, ses yeux cernés.

— Mais... Où suis-je ? interrogea-t-elle.

— Dans ma maison.

— Tu veux dire... Pas dans le pavillon de la piscine ?

Il secoua la tête.

— Non. Dans la villa.

Il était en bermuda et espadrilles, remarqua-t-elle, intriguée. Soulevant le drap, elle s'aperçut qu'elle ne portait rien d'autre que sa culotte sous un T-shirt qui ne lui appartenait pas ! Comme elle lui jetait un regard effaré, il se défendit aussitôt :

— Ce n'est pas moi !

— Qui, alors ?

— Mon médecin généraliste.

Soudain, elle se rappela avoir eu un malaise, après sa longue et scrupuleuse lecture du dossier. Elle était tombée.

— J'ai eu un étourdissement et tu as appelé un docteur ? s'étonna-t-elle.

— Évidemment ! riposta-t-il.

Il avait l'air aussi choqué que si elle l'accusait d'avoir violé les conventions de Genève. Un coup frappé à la porte interrompit leur dialogue.

— Ah ! Vous êtes réveillée ! s'exclama, visiblement ravi, un petit monsieur aux cheveux blancs très épais.

Il s'approcha du lit et demanda :

— Alessandro ? Vous voulez bien nous laisser ?

Le cœur battant, elle regarda, incrédule, son ravisseur obéir au médecin et fermer la porte derrière lui. C'était son jour de chance !

— Docteur, souffla-t-elle aussitôt en s'agrippant au bras du praticien, écoutez-moi, s'il vous plaît. J'ai été kidnappée. Je suis retenue ici contre ma volonté !

— Je sais, mon petit, dit le vieil homme.

Comme si elle venait de lui déclarer qu'elle venait faire du tourisme, il agrafa le brassard autour de son bras afin de prendre sa tension.

— Alessandro m'a tout raconté, ajouta-t-il.

Et il ne jugeait pas utile d'alerter la police ? Ou au moins l'ambassade du Royaume-Uni à Rome ? De plus en plus décontenancée, Amélia haussa les sourcils et s'enquit avec méfiance :

— Comment cela ?

— Il est adorable, n'est-ce pas ? Quand on le connaît un peu, on tombe sous le charme.

— « Adorable » ? Alessandro ? répéta-t-elle, hébétée.

— Chut. Un instant.

Il sourit en voyant les chiffres sur le cadran et enchaîna :

— Parfait. Maintenant, je vais vous prier de me laisser

vous faire une prise de sang. Il faut comprendre pour quelle raison vous avez perdu connaissance.

Dans la lumière matinale, si belle, si opaline sur le vert des collines, Alessandro se sentait assommé. Incapable de savourer la grâce de ces paysages, le parfum de la brise et le chant des infatigables cigales.

Il y avait près de quarante-huit heures qu'il était debout, à veiller Amélia et à se ronger les sangs. À revoir le film de sa chute : il avait couru, mais il était arrivé trop tard. La tête de la jeune femme avait heurté le marbre d'un son lourd, inoubliable. Avant l'arrivée du Dr Moretti, n'osant pas bouger la jeune femme, Alessandro avait cru mourir de terreur.

Un traumatisme crânien pouvait déclencher une hémorragie mortelle. La jeune femme serait morte par sa faute, en découvrant toute l'étendue de l'infamie de son père. Quel cauchemar ! Un cauchemar faisant étrangement écho à des scènes qu'il avait vécues, enfant. Notamment le jour où son père avait tellement frappé sa mère qu'elle en était restée inerte sur le carrelage de la cuisine. Parce qu'Alessandro n'avait pas osé s'interposer à temps. Certes, chaque fois qu'il intervenait, son père entrait dans une rage plus aveugle encore et redoublait de coups de poing – qui s'abattaient sur elle, sur lui.

Les sueurs froides de cette époque étaient revenues, et le Dr Moretti les avait momentanément fait disparaître, au réveil d'Amélia, en l'assurant que la jeune femme n'avait pas de traumatisme... Mais qu'il convenait de vérifier certaines constantes.

— C'est-à-dire ?

— Les tests de routine : numération de formule sanguine, glycémie, etc. Ainsi que la HCG.

— La quoi ?

Le médecin avait souri.

— Un dosage hormonal permettant de déterminer une grossesse chez la patiente.

— Une gro...

Alessandro s'était senti blêmir.

C'était *impossible*. Ils s'étaient protégés. De sa vie, il n'avait jamais fait l'amour à une femme sans préservatif. À cause de l'engagement solennel qu'il avait pris devant son géniteur : non, il n'aurait pas d'enfant. En ce qui le concernait, il fermait la lignée, afin de faire tarir ce sang maudit !

Mais le visage imperturbable de son vieux médecin avait instillé le doute en lui. Et si un préservatif s'était déchiré sans qu'il s'en rende compte ?

Et si c'était elle qui avait sciemment saboté ses préservatifs ?

Car si elle était enceinte... Elle avait orchestré cela ! C'était un coup monté !

Santa Madre di Dio... Comment avait-il pu se laisser berner par un être aussi machiavélique ? Non seulement elle était entrée chez Rossi Industries pour y commettre de l'espionnage industriel et faire capoter le travail de centaines de salariés, mais elle l'avait également piégé, lui !

Il ne savait toujours pas ce qu'elle avait trafiqué, quels dossiers étaient corrompus ou fragilisés, et soudain, cela paraissait secondaire...

— Vous devriez respirer un bon coup, Alessandro. Parce que, si vous continuez comme ça, c'est vous qui allez vous évanouir, observa le médecin.

Il avait eu l'amabilité de se déplacer lui-même pour lui remettre les résultats du laboratoire.

Alessandro sourit et hocha distraitement la tête, comme le Dr Moretti passait dans la chambre d'Amélia.

Il pouvait tomber et se fendre le crâne. Rien ne serait pire que le coup de massue qu'il venait de recevoir.

Amélia secoua vigoureusement la tête.

— Non. C'est *impossible* : je prends la pilule... Oh ! mon Dieu ! Je prends *toujours* la pilule !

— Et j'ai systématiquement eu recours au préservatif, renchérit Alessandro en les rejoignant.

— S'il vous plaît... Laissez-moi vous expliquer deux ou trois choses, pria le Dr Moretti.

Il se tourna d'abord vers la jeune femme.

— Rassurez-vous, en l'état de nos connaissances, le maintien d'un contraceptif hormonal n'affecte pas une grossesse. Ensuite, comme vous le savez, ni la pilule ni le port du préservatif ne sont fiables à cent pour cent. D'autant plus qu'il y a eu un voyage à l'autre bout du monde, si j'ai bien compris, donc un décalage horaire important... À votre retour chez vous, mademoiselle Seymore, votre médecin vous prescrira des examens plus approfondis, et vous serez pleinement rassurée.

Chez elle. Dans l'appartement qu'elle partageait avec sa sœur. Une sœur déterminée à obtenir vengeance du père de ce bébé et de son cousin... Et Rossi Industries ? Le partenariat fatal avec Firstview ? Oh ! bon sang, qu'avait-elle fait ? Comme la nausée remontait en elle, Amélia posa une main sur sa bouche.

— Biscuits au gingembre, lança le médecin. Ma femme

a tenu bon au fil de ses quatre grossesses grâce aux biscuits au gingembre.

Pâle, elle leva un regard éberlué vers le praticien, qui prenait congé pour l'abandonner à Alessandro.

— Où vas-tu ? s'enquit-il d'un ton glacial en la voyant se lever.

— J'ai besoin de prendre l'air, expliqua-t-elle.

Le T-shirt qu'elle portait devait appartenir à son hôte. Par chance, il était assez grand pour la couvrir jusqu'à mi-cuisses.

Elle avait un léger vertige... Sans doute du fait de se lever après être restée longtemps allongée. Comme elle posait la main sur la poignée de la porte, elle se rappela qu'elle ne savait pas où aller.

— Attends.

Sans lui permettre de protester, il lui prit le bras et la soutint pour traverser un long couloir.

— Quand est-ce que je suis tombée ? demanda-t-elle.

— Il y a deux jours. Tu t'es réveillée hier. Tu es retombée dans un sommeil très profond toute la nuit.

Si longtemps ? Amélia n'en revenait pas.

— Mais... Et toi ?

— Je suis resté à ton chevet, expliqua-t-il.

Elle s'arrêta et le contempla. Il semblait éreinté.

— Tu n'as pas dormi depuis quarante-huit heures ? souffla-t-elle, estomaquée.

Il lui retourna un sourire goguenard.

— Et alors ? Ça change quelque chose pour toi ?

Si déstabilisant que ce soit, oui, cela changeait quelque chose, pensa-t-elle. Les sentiments qu'elle avait cherché à nier s'insinuaient en elle, intenses et dangereux. Pas question de l'avouer, cependant. En silence, elle suivit Alessandro hors de la maison.

Pas à pas, Amélia prenait conscience de la gravité de la situation. Une spécialiste de l'analyse comme elle, payée pour créer des boîtes à outils et des solutions novatrices, ne pouvait se voiler la face au sujet de sa situation actuelle.

Elle n'avait rien. Ni économies, ni perspective d'héritage : aucun filet de sécurité. Après la mort de son père, il y avait eu la faillite, la vente du mobilier, des maisons, le déménagement dans un deux pièces et la découverte du lycée public. Depuis qu'Amélia travaillait chez Rossi, l'essentiel de ses revenus servait à payer le séjour de sa mère dans un centre de désintoxication en Amérique du Sud. Ce qui n'était pas englouti dans le loyer et les factures était, avec le maigre salaire d'Issy en tant qu'auxiliaire en puériculture, investi dans « la vengeance ». Quand elle n'était pas à l'hôpital auprès d'enfants atteints de maladies graves, Issy effectuait sans relâche des recherches sur les cousins Rossi. Ce qu'ils aimaient, ce qu'ils n'aimaient pas, leurs horaires, leurs habitudes, leurs codes, comment les atteindre. Les deux sœurs avaient dû se serrer la ceinture durant des années pour permettre à Issy de se métamorphoser en millionnaire blond platine et moulée dans des vêtements de luxe, le temps qu'elle attire Gianni sur un yacht en pleine mer des Caraïbes.

Et tout cela, pour rien.

Alessandro et Gianni n'étaient coupables d'aucun acte de corruption et, pourtant, Amélia avait torpillé l'entreprise du père de son bébé.

Dès qu'il ouvrit une porte, elle se précipita dehors, emplissant ses poumons de l'air parfumé de la terrasse donnant sur le parc.

Un bébé. Elle attendait un bébé.

Elle se rappelait, maintenant, avoir été malade dans

le jet, entre Londres et Hong Kong. Puis le lendemain de son arrivée. Si elle ignorait encore ce qui était arrivé aux préservatifs, elle comprenait au moins pourquoi la pilule avait cessé de la protéger…

Et, à propos de protection, son bébé aurait besoin d'un père, non ?

Alessandro fixait Amélia.

Le visage tourmenté, très pâle, elle avait l'air si fragile, vêtue de ce T-shirt trop grand… Avec ses longs cheveux qui cascadaient dans son dos, et ses jambes longues et galbées, elle était ravissante.

Et enceinte.

De lui.

De toutes ses forces, il tentait de dissimuler l'état de panique dans lequel il était depuis que, au matin, le médecin était venu lui-même porter les résultats – rien qu'à son expression, Alessandro avait compris.

— Je… Je n'ose pas imaginer ce que tu penses de moi, murmura la jeune femme en se tournant lentement vers lui.

Les muscles de sa mâchoire se crispaient malgré lui.

— Je fais de mon mieux pour ne pas me montrer hâtif dans mes conclusions, admit-il.

Incapable de retenir un regard assassin, il la vit reculer d'un pas. Sa voix était presque crédible lorsqu'elle balbutia :

— Mais je… Ce n'était pas prémédité, tu sais. Ça n'a jamais fait partie du plan. Coucher avec toi. Encore moins ce bébé.

Alessandro ne put ignorer le tam-tam qui ébranlait sa cage thoracique. L'écho d'une question qui le hantait depuis l'instant où Gianni lui avait révélé la conspiration des sœurs Seymore : pouvait-il la croire à ce sujet ?

À propos de leur nuit à Hong Kong ?

— Parce que c'est bien ton bébé, reprit-elle.

Cristo. Il n'en avait même pas douté une seconde. Ce qui révélait le niveau de l'emprise qu'elle exerçait sur lui !

Sois rationnel, réfléchis, lui ordonna sa conscience, ou ce qu'il en restait.

C'était lui qui avait pris l'initiative du premier baiser, dans l'ascenseur. Les préservatifs étaient les siens. À leur retour à Londres, elle n'était pas allée voir la DRH pour faire état d'une liaison entreprise par un supérieur hiérarchique. Elle avait même exigé d'emblée qu'ils ne reparlent jamais de cette aventure !

Même en admettant qu'il ait été très naïf… La même personne avait-elle, en réalité, planifié une grossesse ? En misant sur *une seule nuit* ? Non, cela ne tenait pas debout.

Il reporta son attention sur elle. Sur son visage inquiet, ses traits tirés. Puis il s'humecta les lèvres pour demander :

— Alors Hong Kong, c'était… ?

Arrimant son regard au sien, elle acquiesça.

C'était réel.

S'il n'avait jamais su, auparavant, qui était Amélia Seymore, et s'il n'était pas davantage capable de dire qui elle était aujourd'hui, il restait cette nuit-là.

Cette nuit et cette matinée où, dans ses bras, elle n'avait pas menti. Pas triché.

Le soleil de Toscane se montrait impitoyable dès son apparition, même à cette heure précoce de la matinée, et il regarda la chevelure châtaine de la jeune femme se parer d'éclats de miel doré.

Soudain, ses grands yeux paraissaient plus bleus, ses joues plus roses.

Afin de ne pas être éblouie, elle posa sa main en visière sur son front et plongea un regard immense dans le sien.

— Et maintenant ? Qu'est-ce qu'on fait ? interrogea-t-elle.

C'était une excellente question.

7

Il y avait du décaféiné et de la chicorée. Amélia avait opté pour la seconde, en y ajoutant beaucoup de lait. Armée de sa grande tasse, elle sortit de la cuisine et alla s'installer dans le grand salon.

Une cheminée en pierre, très moderne, structurait cette pièce meublée de grands canapés autour d'une table basse. La grande baie vitrée l'inondait de lumière, ouvrant d'un côté sur la piscine, de l'autre sur la terrasse couverte.

Il régnait dans la villa une atmosphère de simplicité propice à la détente... Mille questions se bousculaient, toutefois, dans la tête d'Amélia quand elle voulut se lover dans un sofa en cuir.

Elle aperçut alors son sac et se jeta dessus pour en sortir son smartphone. Du réseau ! Elle avait du réseau ! Les doigts fébriles, elle chercha le numéro de sa sœur dans son journal d'appels et, au moment d'appuyer sur le bouton, resta pétrifiée.

Qu'allait-elle dire à Issy ? Qu'elle était enceinte de leur ennemi ? Un ennemi qui, finalement, n'était pas vraiment coupable de ce dont elles l'accusaient ? Et que l'entreprise de revanche dans laquelle elle entraînait sa cadette depuis toutes ces années n'avait aucun sens ?

Les unes après les autres, les questions s'empilaient

à l'instar de briques formant un mur de plus en plus infranchissable. Cette situation était un désastre absolu dont elle portait seule la responsabilité. Pas question pour autant de sombrer dans l'autocomplaisance. Il fallait qu'elle s'assure que sa sœur allait bien, et elle appuya sur le bouton d'appel.

Son cœur marqua un temps d'arrêt quand elle tomba – directement – sur la messagerie. Mais elle se rappela aussitôt qu'Alessandro et Gianni n'étaient pas les monstres qu'elles avaient imaginés. Et que, même injoignable, sa sœur ne se trouvait pas en ce moment dans une situation justifiant qu'Amélia s'inquiète.

Mieux valait qu'elle songe à sa propre condition.

Bizarrement, quand le médecin lui avait annoncé qu'elle était enceinte, elle avait été stupéfaite, oui, mais pas désespérée.

Un enfant se développait en elle depuis plusieurs semaines, déjà, et c'était... tellement incroyable ! Sans même avoir besoin d'y réfléchir, elle savait qu'elle le désirait.

Qu'elle saurait l'aimer, toujours accorder la priorité à ses besoins sur les siens. Qu'elle lui offrirait la chance et les opportunités dont elles avaient tant manqué, Issy et elle.

Sa culpabilité se réveilla, comme elle songeait à sa petite sœur qui avait sacrifié tant d'années et d'efforts pour une vengeance inutile. Et leur mère ? Avait-elle su que leur père était un tel escroc ? Qu'il soudoyait des fonctionnaires afin de se faire de l'argent sur le dos de naïfs acheteurs ? Des jeunes gens comme Alessandro et Gianni, qui avaient investi toutes leurs économies dans un projet qui devait leur permettre de démarrer ?

Combien d'innocents la cupidité de leur père avait-elle ruinés ?

Et que seraient-elles devenues, sa sœur et elle, si elles

n'avaient pas investi dix ans de leur vie dans cette revanche ? Qu'auraient-elles vécu qu'elles ignoraient encore ?

La liberté.

En la frappant de toute sa clarté, cette pensée lui donna le vertige, et elle se mit à tanguer.

Depuis l'autre bout de la pièce, Alessandro la vit perdre légèrement l'équilibre, s'appuyer sur le canapé et s'y installer avec précaution.

Elle tenait son téléphone – et il en déduisit qu'elle avait appelé sa sœur.

Elle portait toujours son T-shirt, mais également un pantalon qu'il avait retrouvé au fond de son dressing – un modèle étroit et court qu'elle avait cependant dû attacher à l'aide d'une cordelette, et rouler au-dessus des chevilles.

Dans cette tenue garçonne, elle était plus féminine que jamais.

Il la rejoignit et, ne sachant comment introduire la conversation, proposa :

— Tu veux qu'on discute ici, ou tu préfères être dehors ?

La jeune femme lui renvoya un regard sombre.

— Pour le nouvel interrogatoire de ma garde à vue ? J'ai le choix ? lança-t-elle, accusatrice.

Il fronça les sourcils en voyant qu'elle buvait une tasse de café, alors que la caféine était réputée très néfaste dans...

— C'est de la chicorée, déclara-t-elle d'un ton moqueur, comme si elle avait lu dans ses pensées.

Sans répondre, il s'assit face à elle.

— Bon, souffla-t-il. Il va de soi que cette grossesse change la donne. Néanmoins, j'ai besoin de savoir ce que tu as saboté.

Il lut une fatigue intense sur son visage.

— Le projet Aurora, confessa-t-elle enfin. Je suis navrée. Si j'avais su que...

— Uniquement le projet Aurora ? coupa-t-il. Ou bien as-tu endommagé d'autres dossiers ?

— Non. Juste Aurora.

Il lâcha un long soupir.

— Et c'est réparable ?

Il y avait des années que Gianni et lui travaillaient d'arrache-pied sur le logement du futur. Tester les matériaux, en évaluer les coûts, trouver des solutions durables pour les sols argileux, combiner l'économie d'énergie et le respect des ressources... Ce casse-tête avait été une suite d'équations si complexes qu'ils débordaient de fierté, en présentant les maquettes d'Aurora aux commanditaires. Ils étaient certains d'avoir mis au point l'habitat idéal pour les nouvelles générations ! Qu'avait-elle fait pour saborder ce très grand pas architectural de Rossi Industries ?

— Eh bien... Ça dépend. Les contrats sont signés ? s'enquit-elle.

Il hésita avant de répondre :

— Non.

Le soulagement inonda alors le visage d'Amélia. Alessandro la fixa avec angoisse.

— Qu'est-ce que tu as fait ? répéta-t-il.

Elle ferma les yeux avant d'avouer :

— C'est Firstview. Leur portefeuille et leurs actifs sont complètement vérolés, ils sont sur le point de couler.

— Ce n'est pas possible, asséna-t-il. Nous avons nous-mêmes effectué un audit complet.

Elle se mordit la lèvre, et il sentit une colère noire monter en lui.

— Tu... Tu as falsifié les évaluations ?

— Oui.

Incrédule, il la considéra un long moment sans pouvoir articuler un son. C'était encore pire que ce qu'il avait imaginé : car, une fois le contrat signé, Rossi Industries aurait été pleinement solidaire des dettes contractées par son agent financier !

Amélia Seymore avait été à un cheveu de détruire leur entreprise.

— Tu as des complices ? demanda-t-il d'une voix blanche. Qui t'a aidée, au Rubis ?

Elle parut étonnée par sa question.

— Personne.

— Tu as agi toute seule ? insista-t-il, soupçonneux.

— Oui. Enfin, avec l'aide de...

— De ta sœur, compléta-t-il. Qu'est-ce qu'elle a fait ? Quel est son rôle dans cette histoire ?

Amélia tentait de se montrer claire et directe.

— Elle était censée distraire Gianni et l'empêcher de communiquer avec toi entre ma dernière présentation et la signature finale des contrats. Les congés annuels de ton cousin étaient essentiels dans notre plan.

Relevant la tête, elle ajouta :

— Mais, Alessandro... Ma sœur est innocente.

Profondément mal à l'aise, elle regardait son hôte. Il grimaçait. Le dégoût se peignait sur son visage.

Un dégoût qu'elle avait bien mérité.

— Tiens donc. Comment cela ? s'enquit-il sèchement.

Comme elle cherchait les mots justes, il leva la main pour l'empêcher de poursuivre.

— Ne te donne pas cette peine, va. Je ne sais pas quelle Amélia me fournirait l'explication : la manageuse parfaite ? la traîtresse ? la séductrice ?

— Non, non, dit-elle en secouant vigoureusement la tête. Je te l'ai déjà dit, il faut au moins que tu me croies à ce sujet : la nuit que nous avons passée ensemble n'a *jamais* fait partie du plan…

— Et tu voudrais que j'avale aussi cette couleuvre-là ? lança-t-il, furieux. Comme si je n'en avais pas une indigestion ?

— Mais, je… Non, bredouilla-t-elle. Je ne m'attends pas à ce que tu sois prêt à prendre pour argent comptant le moindre mot sortant de ma bouche. Seulement, tu es dans une situation que je suis la seule à pouvoir résoudre.

Alessandro la fixa avec sévérité. Lorsque son regard s'arrêta sur son ventre, elle fut horrifiée par le malentendu et s'écria :

— Non !

Instinctivement, ses mains se posèrent sur son estomac plat.

— Je le garde, dit-elle en guise d'avertissement. N'espère pas me faire changer d'avis. Que tu aies oui ou non l'intention de jouer un rôle dans la vie de cet enfant, tu ne m'empêcheras pas de le mettre au monde.

Comme il demeurait aussi indéchiffrable qu'un sphinx, elle enchaîna :

— Je parlais d'Aurora. Je peux sauver le projet. Et je le souhaite de tout mon cœur. Je t'en prie, permets-moi de t'aider…

Son ton était toujours aussi cassant lorsqu'il reprit :

— C'est bien aimable de ta part, mais je crois que je vais me passer de tes services.

— Bon. Eh bien bonne chance, alors, répliqua-t-elle.

— Qu'est-ce que tu sous-entends ? s'exclama-t-il en la gratifiant d'un coup d'œil assassin.

— Qu'il te reste deux options. Soit renoncer au projet,

soit trouver un autre partenaire financier. Or ce ne sera pas Chapel Développement : tu connais la susceptibilité légendaire du P-DG, qui est furieux depuis qu'il sait que tu vas signer avec Firstview. Il préférera passer à côté d'une opportunité juteuse plutôt que de ravaler sa fierté. Toi, de ton côté, tu n'as aucun temps à perdre : l'inflation sur les matériaux te coûtera une fortune avec chaque jour de retard, et, à l'étranger, les techniciens, les ingénieurs, les ouvriers capables de travailler sur des chantiers novateurs sont tellement convoités qu'ils partiront vers la concurrence au moindre changement de calendrier. Tes architectes et tes chefs d'équipe se feront débaucher. En étant généreuse, je te donne un mois pour rectifier le tir. Or, actuellement, qui est ton joker ?

Elle savait qu'il n'en avait pas. Comme il restait silencieux, elle continua :

— Je connais ce dossier sous toutes ses coutures. Tous les acteurs, tous les points sensibles.

— Et tu as déjà en tête le nom du courtier apte à reficeler le financement d'Aurora en un claquement de doigts, je suppose ?

Amélia sourit.

— Oui.

— Qui ?

C'était sa seule planche de salut, songea-t-elle. Sa seule et unique chance de ne pas finir blacklistée dans son domaine professionnel, sa toute petite fenêtre de tir pour offrir à son enfant un avenir décent.

Et, si elle échouait, si elle ne réussissait pas à sauver Aurora… elle serait à la rue.

Alessandro dévisageait l'infâme arnaqueuse qui avait été tout près de tuer son entreprise. Elle était brillante, il fallait l'admettre. Il y avait même une touche de génie dans son numéro. En quelques minutes, elle avait retourné la situation à son avantage, pour apparaître non plus comme l'autrice d'un odieux sabotage, mais comme l'héroïne volant au secours de Rossi Industries !

— Je vais te le dire, mais je veux quelque chose en échange.

Il contempla le petit corps frêle assis dans son canapé. Vêtu de *ses* vêtements. Jamais il n'avait eu envie d'une femme comme il désirait Amélia... Et il la détestait de provoquer ce phénomène en lui.

Un phénomène démoniaque. Une seule nuit avec elle, et l'impensable s'était produit : elle portait *son* enfant !

— Naturellement. Combien ? s'enquit-il.

— Combien de quoi ?

— De fric. Combien veux-tu ? demanda-t-il froidement.

Elle le dévisagea avec horreur, comme si c'était lui, le bandit.

— Mais... non ! Je ne veux pas d'argent. Je veux... une trêve.

— Tu plaisantes ? Tu me demandes *une trêve* après avoir déclenché une telle offensive contre mon cousin et moi ? Tu oses réclamer la paix, toi qui nous as tiré dessus à boulets rouges ?

Il la vit pâlir.

— Oui, je... J'aimerais que nous soyons capables d'envisager l'avenir de notre enfant. D'en parler sans nous mettre en pièces mutuellement.

Il perçut une note de sincérité dans sa voix. Ainsi que le découragement.

— J'aurais aimé que nous puissions bâtir quelque

chose dans son intérêt, mais... je sens bien que ce n'est pas possible.

Hypnotisé par le mouvement subtil de sa poitrine sous le coton du T-shirt, il mit un certain temps à s'imprégner des mots « notre enfant ».

Quoi qu'il ait voulu par le passé, quoi qu'il fasse aujourd'hui, il n'y pouvait rien : cet enfant serait bientôt là. Et, au lieu d'éprouver de la révolte ou de la terreur, il sentait monter en lui un sentiment d'une autre nature. Ce n'était pas non plus de la colère... Non, c'était la dernière chose à laquelle il s'attendait. La vague positive et bienfaisante de l'espoir.

Oui : l'espoir. Il ne serait jamais comme son père. Il saurait être un parent aimant, attentif, responsable. Un *vrai* papa. Ce qui signifiait qu'il devrait être sur la même longueur d'onde que la mère...

Était-ce seulement envisageable ? Effacer l'ardoise et repartir de zéro avec elle ?

Un vertige le saisit. Elle était enceinte. De lui. Elle donnerait naissance à leur bébé.

« Effacer l'ardoise » ? Bien sûr que non, il n'avait aucune confiance en elle. Ce lien entre eux était rompu de façon irrévocable. Mais ils pouvaient peut-être parvenir à une certaine cordialité ? Établir, en tant que parents, une sorte de neutralité, dans l'intérêt de leur fille ou de leur fils ?

Car cet enfant vivrait une enfance radicalement différente de celle qu'il avait subie...

— Qui ? insista-t-il d'un ton sec en se rappelant que, pour offrir une excellente éducation à son enfant, encore fallait-il qu'il empêche Maman de couler la boîte de Papa.

— Ma réponse ne va pas te plaire, prévint-elle.

— J'aurais du mal à dresser la liste de tout ce qui me

déplaît au plus haut point depuis que je sais que tu sabotes Rossi Industries, rétorqua-t-il. Ne joue pas la carte du suspense, Amélia. Vas-y.

Elle parut hésiter.

— Sofia Obeid.

Il lâcha un profond soupir.

— Franchement, Amélia, je...

— Oui, je sais ce que tu penses d'elle, interrompit-elle. Mais actuellement, sa société est la seule à pouvoir te suivre en urgence. Elle a le capital et le réseau de banques d'affaires que tu recherches. Chercher une autre agence de financement proposant les mêmes garanties et les mêmes taux ? Essaie, si tu veux. Moi, je n'en ai pas trouvé.

Une profonde irritation l'avait gagné tandis qu'il l'écoutait, et il décocha un coup d'œil exaspéré à la jeune femme. Sofia Obeid avait une réputation de diva choisissant ses clients comme si elle descendait de l'Olympe, et imposant des contrats épais comme des encyclopédies !

Elle n'avait même pas consenti à prendre son cousin au téléphone à l'époque où ils comparaient les courtiers de financement !

— Qu'est-ce qui te fait croire que tu obtiendrais ne serait-ce qu'une audience de Sa Majesté Sofia Obeid ? interrogea-t-il d'un ton railleur.

— Oh ! je l'obtiendrai. Je te le garantis.

Sûre d'elle, elle s'étira longuement, et il vit clairement apparaître la forme de ses seins sous le T-shirt, se rappelant la façon dont ses tétons réagissaient à ses caresses et...

— S'il te plaît, Alessandro. Je veux juste que tu m'autorises à réparer les dégâts. Donne-moi une chance de tout arranger pour repartir sur des bases saines. Pour notre enfant.

Il y avait du courage dans ces paroles. Et il n'avait pas le droit de rejeter cette lueur d'espoir.

— D'accord. Mais avant toute chose, nous allons t'acheter des vêtements.

8

Alessandro était gêné d'avoir rappelé son chauffeur. En temps normal, il aurait volontiers conduit jusqu'à Orvieto sur la route escarpée où, de façon invisible à l'œil nu, la Toscane s'effaçait au bénéfice de l'Ombrie.

Mais il était trop tendu, et il n'avait pas voulu courir de risque. Entre l'urgence de sauver le projet Aurora et la nouvelle de la grossesse d'Amélia… Les pensées se bousculaient dans sa tête, l'angoisse et l'adrénaline pulsaient dans ses artères.

Mieux valait qu'il se concentre sur la surveillance de celle à qui il n'était pas près d'accorder à nouveau sa confiance. C'était d'ailleurs pour cette raison qu'il avait donné leur semaine aux employés de la Villa Vittoria : mieux valait qu'elle soit en contact avec le moins de personnes possible tant que le plus gros projet de Rossi Industries resterait en suspens.

Comment croire cette menteuse ? Disposait-elle réellement d'une botte secrète pour obtenir un rendez-vous avec Sofia Obeid ? Ou bien avait-elle cherché à gagner du temps ?

Alessandro aurait voulu en discuter avec Gianni, mais, chaque fois qu'il avait tenté de le joindre, il était tombé sur sa messagerie... Et peut-être qu'au fond, il ne tenait pas tant que cela à lui parler maintenant.

Mieux valait que Gianni reste sur son île, coupé du monde, en autarcie, au lieu d'entendre que non seulement son cousin avait confié à la saboteuse le dossier le plus important de la boîte et qu'elle les avait placés au bord du gouffre, mais qu'elle était enceinte d'Alessandro.

Comme le smartphone de la jeune femme sonnait, il résista à la tentation de le lui arracher des mains pour consulter l'écran. Au prix d'un effort certain, il parvint à tourner la tête vers le paysage et à prendre une pose de parfait gentleman.

L'Ombrie était plus aride que la Toscane. Son regard tomba sur les collines asséchées par le soleil – jaunes, caillouteuses. Non sans un frémissement rétrospectif, il revit ses doigts ensanglantés, le soir, après avoir sarclé les vignes de son père et de son oncle à mains nues, depuis l'aube.

« Je me fiche que tu aies mal ! Tu vas arrêter de te plaindre, c'est compris ? Je ne veux plus t'entendre avant la fin des vendanges, espèce de fainéant ! »

— Alessandro ?

La voix d'Amélia lui parut plus douce et chaleureuse encore que d'ordinaire, comme elle chassait ce souvenir douloureux pour le ramener dans le présent.

— Tu as entendu ? s'enquit-elle.

Alessandro secoua la tête en signe de dénégation.

— Sofia est d'accord pour nous accorder un entretien, mais elle a déjà accepté de financer un projet similaire et...

— Similaire à Aurora ? coupa-t-il. Non, impossible. C'est le projet de développement urbain le plus original et le plus novateur qu'on ait vu depuis des décennies.

Amélia sourit.

— C'est exactement ce que je lui ai dit. Elle veut bien nous rencontrer à Marrakech demain, en nous priant de ne pas trop attendre de ce rendez-vous.

Alessandro sourit à son tour.

— Elle aime jouer les partenaires difficiles, n'est-ce pas ?

— Se faire désirer, c'est apparemment le cœur de sa stratégie, convint-elle. Mais sa prudence est payante : sur son tableau de chasse de partenariats ne figurent que des groupes et des entreprises plus anciens que Rossi Industries.

— Je vois. Elle a peur des start-up qui explosent en plein vol. Qu'est-ce qui te fait croire que ça peut marcher, entre elle et nous ?

— Je crois qu'elle a beaucoup d'admiration pour ce que vous avez accompli, Gianni et toi. Ça l'impressionne.

Comme la voiture abordait Orvieto, la jeune femme posa un regard étonnamment triste sur la ville.

— Qu'est-ce qu'il y a ? demanda-t-il.

— Oh ! rien...

Après avoir lâché un long soupir, elle plaqua un sourire factice sur son visage et se retourna vers lui.

— Mes parents avaient parlé de nous emmener passer un week-end en famille ici, pour nous faire visiter les monuments d'Orvieto : la cathédrale, la nécropole...

La note de regret dans la voix d'Amélia réactiva sa culpabilité, et il la rejeta le plus loin possible. Non, ils n'étaient *pas* des monstres, lui et Gianni ! Le père d'Amélia était le seul responsable de ce fiasco qu'était devenue la vie de ses filles et de son épouse.

— Garez-vous là, indiqua-t-il à Roberto comme ils parvenaient sur une petite place très chic.

Clinquantes, les boutiques de luxe s'alignaient : Gucci, Ferragamo, Dolce & Gabbana et consorts.

Galant, il sortit de voiture, en fit le tour et ouvrit la portière de la jeune femme. En le rejoignant, elle eut l'air catastrophé.

— Qu'est-ce qui ne va pas ?

Elle le dévisagea avec stupeur.

— Mais je... Ces enseignes... Je ne m'habille pas du tout dans ce genre d'endroits ! Ce n'est pas dans mes moyens !

— Pardon ? Tu peux répéter ? répliqua-t-il, atterré d'entendre encore un mensonge aussi révoltant.

Dans la bouche d'une collaboratrice qui avait gravi les échelons à toute vitesse et qui gagnait amplement de quoi s'habiller chez les plus grands couturiers !

— Je sais combien je paie les cadres de la direction, ajouta-t-il sèchement. Alors s'il te plaît, épargne-moi ce petit numéro de mendiante en haillons !

Amélia ne s'était pas préparée à lire une telle fureur sur les traits d'Alessandro, mais, au lieu de reculer, elle avança d'un pas et le toisa d'un regard de défi.

— Oui, Alessandro. Tu paies très bien tes employés. Mais combien de tes cadres doivent rembourser le prêt qu'ils ont contracté durant leurs études ? Combien de tes cadres ont également payé une partie des études de leur sœur ? Combien de tes cadres envoient plus de la moitié de leurs revenus en Amérique du Sud où leur mère vit en centre de désintoxication ? Combien de tes cadres sont seuls à devoir tout assumer financièrement, et même à devoir devenir un parent pour leur père comme pour leur mère depuis leurs quinze ans ?

Trop tard, elle prit conscience de ce qu'elle venait de lui révéler. Les grands yeux sombres d'Alessandro brillaient d'un éclat indéchiffrable.

Enfin il s'éclaircit la gorge avant de lâcher :

— Je ne savais pas.

— Exactement. Tu ne sais pas parce que tu t'en fiches. Et, si tu permets, je préfère choisir moi-même les endroits où j'achète mes vêtements.

Sur ces mots, elle traversa la place, Alessandro sur les talons, et descendit une rue où elle repéra l'enseigne d'une marque italienne qu'elle appréciait pour son excellent rapport qualité-prix.

Trois débardeurs, deux tuniques, une jupe longue, une robe, un pantalon en lin, un jean, des sandales plates et un maillot de bain : Amélia fit les essayages à toute vitesse et regarda le chauffeur porter les paquets dans la voiture – y compris le cadeau d'Alessandro. Il avait absolument tenu à lui offrir un tailleur estival très élégant et des escarpins assortis pour leur rendez-vous au Maroc le lendemain.

— Tu n'as pas faim ? s'enquit-il dès qu'ils furent sortis du magasin.

C'était la première fois depuis longtemps qu'il lui adressait la parole avec gentillesse, remarqua-t-elle. Avec prévenance. Évidemment, il fallait encore qu'elle aille acheter des sous-vêtements et des chaussures, mais cela pouvait attendre, non ?

— Si. Une faim de loup, avoua-t-elle.

Ils dévalèrent les ruelles pavées de la cité étrusque qui avait connu son âge d'or à l'époque médiévale. Amélia aimait sentir les murs suinter d'histoire, au fil de leur déambulation. Depuis le belvédère, les petites boutiques avaient un charme fou, la vue sur les cyprès était magique.

Alessandro l'entraîna dans une *trattoria* où, malgré sa pratique de l'italien héritée de son enfance, elle ne comprit pas un mot de son âpre négociation avec le propriétaire. Il en résulta, néanmoins, qu'ils furent installés à la meilleure table : à l'extrémité ombragée d'une ravissante terrasse dominant la vieille ville.

Bientôt, un succulent *primo piatto* de pâtes à la scarole braisée réveilla ses papilles. Suivit un thon doré cuit au charbon de bois, avec, parmi ses légumes, les notes d'amandes du fenouil confit au miel. La douceur de la température, la pureté de l'air, un décor de rêve et cette gastronomie : elle se sentait tellement plus détendue, tellement plus... elle-même !

Peut-être n'avait-elle pas réalisé combien elle avait besoin de se reconnecter au monde. Besoin d'un *vrai* repas, d'une vue sur un lieu qui changeait un peu du train-train, elle qui se contentait trop souvent d'avaler un sandwich face à l'écran de son ordinateur, à l'heure du déjeuner.

Depuis qu'ils dégustaient ces petites merveilles, ils échangeaient des sourires moins gênés. Moins factices.

— C'est exquis, dit-elle. Merci de m'avoir emmenée ici. Tu sais, nous ne pouvons pas continuer à nous comporter en ennemis...

— Non, ça ne va pas être possible, convint-il.

Leur bébé méritait mieux que ça.

Posant son verre d'eau pétillante, elle réfléchit. Il fallait qu'elle s'ouvre un peu. Qu'Alessandro comprenne d'où elle venait, ce qui l'avait poussée à agir comme elle l'avait fait. Elle se sentait prête, alors... Si l'audace venait maintenant, mieux valait qu'elle s'en empare et qu'elle se jette à l'eau. Sans préambule, elle raconta :

— Tu sais, après la perte de sa société, mon père... Eh bien, c'était un homme fier. Je crois qu'il a perdu la force de se battre et de tout rebâtir. Durant quelques mois, mes parents ont fait comme si rien ne s'était passé. Ou plutôt, comme s'ils n'avaient jamais été plus riches : ils ont dépensé sans compter.

— Mais... C'est impardonnable ! répondit-il, visiblement outré.

Au fond d'elle-même, elle était plutôt d'accord avec ce jugement. Mais elle avait besoin de défendre ses parents. De conserver une empathie avec eux.

— Nous avons rapidement été obligés de vendre la maison de Londres, ainsi que la villa en Italie. Déménagement, puis changement de lycée pour Issy et moi. Les gens que papa considérait comme ses amis et qui profitaient de ses largesses lui ont tourné le dos. Les cercles que ma mère fréquentait l'ont exclue. Pendant qu'elle sombrait dans la dépression, mon père s'est abîmé dans l'alcool. La perspective de faillite est devenue irréversible.

Elle s'efforçait de se montrer aussi factuelle que possible. De choisir des mots simples, neutres.

— J'ai voulu épargner Issy au maximum. Mais elle avait treize ans, des yeux pour voir, des oreilles pour entendre : aujourd'hui encore, je considère que c'est un miracle qu'elle n'ait pas déraillé. Qu'elle n'ait pas mis son lycée à sac ou passé une journée sur trois au commissariat. Elle a été si studieuse, si sage... Oui : un miracle.

Alessandro aussi avait des yeux pour voir. Voir, au travers de la jeune femme brillante qui lui faisait face, une adolescente de quinze ans confrontée à une avalanche à laquelle personne ne l'avait préparée. Malgré la cruauté, l'injustice de ce qu'elle avait subi, elle s'exprimait sans pathos, lui laissant deviner avec quelle maturité elle avait conduit bien des batailles, autrefois.

Si sa cadette avait bénéficié d'un « miracle » ? Oui, en

quelque sorte : de son point de vue, la force de sa grande sœur, c'était un miracle.

— Et ta mère ? demanda-t-il d'une voix éraillée.

Il lut l'accablement dans ses yeux.

— Elle ne s'en est jamais remise. Elle adorait mon père, et elle était trop attachée à son style de vie pour s'adapter à la nouvelle donne. Le jour où elle a été contrainte de poser ses valises dans un appartement à loyer modéré – celui où nous habitons encore avec Issy –, le coup lui a été fatal. Seuls les médicaments lui ont permis de fermer les yeux la nuit, de les garder ouverts le jour.

Ces révélations précipitaient Alessandro dans un gouffre sans fond. Alors qu'Amélia s'était retrouvée seule, abandonnée par les adultes qui auraient dû surmonter leurs propres faiblesses afin d'être là pour sa sœur et elle, elle avait l'air de tout leur pardonner.

Lui, en revanche, n'accorderait jamais à sa mère l'absolution pour ne pas être revenue le chercher.

— Cela n'a pas toujours été facile de m'assurer qu'Issy et moi aurions chaque jour le nécessaire... Mais nous y sommes arrivées.

Dans la pudeur de cette phrase, il entrevit la lutte quotidienne d'une toute jeune fille pour empêcher sa mère de dilapider le peu qu'elles avaient en paradis chimiques.

Cette fois, il ne pouvait pas, *ne voulait pas* lutter contre la culpabilité qui l'étranglait. L'action punitive qu'ils avaient menée, Gianni et lui, contre un homme certes coupable d'escroquerie, avait fracassé au passage le destin de deux gamines innocentes. Il en avait honte.

— Et puis, heureusement, nous vous avions, *vous*, ajouta-t-elle, un petit sourire ironique aux lèvres.

Il ouvrit la bouche pour poser la question qu'elle rendit inutile en reprenant :

— Gianni et toi, vous êtes devenus notre horizon. La cible dans le viseur. L'heure de la revanche nous délivrerait, la satisfaction de venger notre père était la plus belle des perspectives. Pendant que notre mère pleurait, nous nous levions chaque matin la rage au ventre. Si je peux te parler franchement, je regrette ce que j'ai entrepris contre Rossi Industries, mais... Nous avions besoin de ça. De ce cap.

Il ne lisait rien d'autre qu'une sincérité absolue dans ses grands yeux. Et il était bien placé pour savoir quels prodiges d'énergie la fureur et le ressentiment donnaient à un adolescent.

— Et c'est pour cela que tu as pensé que nous étions malhonnêtes ? demanda-t-il.

— Je... J'avais besoin de croire que vous l'étiez. Parce que, sinon, j'aurais été obligée de reporter le blâme sur mes parents : mes guides, mes modèles.

Une nouvelle fois, il vit s'allumer les points d'intersection entre son enfance et celle d'Amélia, les similitudes... Et il prit la mesure de la différence de leurs réactions. Jamais Alessandro n'avait trouvé ni circonstance atténuante ni excuse à aucun de ses parents.

Mais cette intransigeance ne les rapprochait-elle pas aussi, paradoxalement ? En tout cas, il existait entre eux une sorte de connexion impossible à nier. Physiquement, l'attirance avait été tellement puissante, à Hong Kong, que le souvenir de leurs étreintes le hantait chaque nuit.

Elle baissait les yeux, et il eut envie de se montrer à la hauteur de son courage.

Il le lui devait. Il remplit son verre d'eau gazeuse et en but une longue gorgée avant de s'élancer.

— Mon père était... Enfin, mon père *est* un homme

abject. Cruel, violent, ignare, plein de préjugés… et il n'a même pas l'excuse de l'alcoolisme à avancer.

Sa voix était légèrement plus rauque lorsqu'il enchaîna :

— Gianni et moi, nous avons grandi dans un vignoble… Ce que tu sais certainement ?

— Oui.

Elle sourit.

— Même si cela avait été un secret, Issy l'aurait découvert. Elle a mené des recherches de détective, fouillé toutes les archives en ligne vous concernant, toi et ton cousin.

Alessandro ne put réprimer un sourire.

— Nous aurons dû l'embaucher, elle aussi.

Comme elle lui renvoyait un regard triste, il se concentra sur son récit.

— Mais sérieusement, il est vrai que nous avons lâché quelques informations sensibles afin de ne pas être trop importunés par la presse *people*. Cependant, personne d'autre que nous ne connaît toute l'histoire. Aujourd'hui, le vin des Vizzini n'est plus qu'une piquette. Mon oncle et mon père ont laissé leurs vignes s'étioler. Par avarice : parce qu'ils refusaient de payer des ouvriers agricoles. Mais autrefois…

Il prit une longue inspiration afin de continuer :

— Autrefois, c'était un sangiovese réputé. Gianni et moi avons été mis au travail dans ce vignoble dès l'âge de cinq ans. Notre ange gardien, notre seule alliée, c'était notre *nonna*. Elle était la seule personne capable de tempérer un peu ses deux brutes de fils. Horrifiée par leur comportement, elle prenait toujours notre défense. Pour nous et nos mères, elle a agi comme bouclier. C'est pourquoi, plus tard, nous avons choisi de porter son nom de jeune fille, Rossi.

Le regard d'Alessandro avait changé. Leur teinte de chocolat profond et velouté avait viré au gris charbon. Son visage aussi semblait assombri par un nuage.

Sur la terrasse inondée de soleil, ils étaient les derniers clients, comme seuls au monde.

— J'avais neuf ans quand elle est morte et que rien, plus rien n'a retenu les poings de mon père et de mon oncle. Ils se sont mis à nous traiter comme des esclaves : nous devions travailler entre dix et douze heures par jour, et le premier qui osait se plaindre était battu. Chaque fois qu'il leur en prenait l'envie, ils se servaient de nous comme de sacs de sable.

Horrifiée, Amélia sentait son cœur battre à coups lourds dans sa poitrine. Elle se rappela avoir vu à Hong Kong qu'Alessandro avait un orteil complètement tordu, comme s'il avait été brisé en mille morceaux.

Quant à Gianni, son nez cassé faisait partie de son charme et lui valait un grand succès auprès des filles, mais...

— Et ta mère ? Et celle de Gianni ?

Il haussa les épaules.

— Celle de Gianni s'est enfuie. La mienne... De toute façon, elles ne comptaient pas pour eux : elles leur servaient de boniches, elles étaient là pour prendre des coups. Nous aussi, naturellement, mais nous étions des mâles. La transmission du nom ! Ah ça, c'était une obsession chez eux. Mon père ne me parlait que de ça : la perpétuation des Vizzini. C'est la raison pour laquelle mon tout premier geste de citoyen, à ma majorité, a été de devenir un Rossi. Avant de l'abandonner, je lui ai juré que j'éteindrais la lignée. Que le nom de Vizzini allait mourir avec moi.

Amélia frémit. Elle comprenait l'importance d'un tel

serment, et son cœur saignait déjà pour sa petite fille ou son petit garçon, qui grandirait sans son papa.

Au moins, il ne l'aurait pas longtemps bercée de faux espoirs.

— Mais cela n'a plus d'importance, conclut-il d'un ton froid. De toute façon, ce bébé n'entendra jamais prononcer le nom de Vizzini. Amélia, je veux que tu saches que notre enfant ne manquera jamais de rien. Tout ce que je possède sera à elle ou à lui. J'ignore ce que l'avenir nous réserve mais, quoi qu'il advienne, je lui offrirai ma pleine et entière protection.

Son soulagement avait été de courte durée. La véhémence de sa voix et de ce discours faisait remonter en elle un profond malaise et, avec lui, une angoisse qu'elle n'avait jamais su éteindre.

Car il semblait songer à une protection d'ordre matériel. C'était important, bien sûr, mais en quoi venait-il de prendre un engagement vis-à-vis d'elle ? Voulait-il qu'ils élèvent leur enfant ensemble ? Et elle ? Pouvait-elle envisager un tel revirement ?

L'idée de fonder une famille avec Alessandro Rossi avait quelque chose d'étrangement familier, comme si elle avait nourri cette illusion depuis leur nuit à Hong Kong.

Il était toujours en colère contre elle. Et elle avait perdu sa confiance. C'était évident. Mais Alessandro Rossi n'avait *jamais été* un truand corrompu et vicieux, comme elle se le racontait autrefois. Il n'était pas juste un « moine » austère et inaccessible ne songeant qu'à propulser son entreprise au sommet de la réussite.

C'était aussi quelqu'un qui considérait son cousin et associé comme son frère, et qui lui vouait tant de loyauté que c'en était bouleversant. C'était un homme qui avait profondément aimé sa grand-mère et qui était fier de porter le nom de cette matriarche.

Il n'avait rien d'un monstre. Elle le connaissait. C'était quelqu'un de bien.

9

À l'atterrissage, Alessandro scruta le visage d'Amélia, installée face à lui dans le jet. Il avait demandé trois fois au Dr Moretti de lui confirmer qu'un voyage en avion n'était pas dangereux pour une femme enceinte de moins de trois mois. Apparemment, sa question était idiote... Et lui-même devait admettre que cet élan possessif n'avait rien de naturel chez lui. Probablement parce que quelque chose avait changé chez sa compagne aussi. Mais quoi ? Il ne parvenait pas à mettre le doigt dessus, et c'était agaçant.

Il avait passé la moitié de la nuit à lire le dossier de présentation renvoyé par son équipe, et, après leur journée à Orvieto, cette séance de travail se révélait bienvenue.

Leur conversation au restaurant l'avait ébranlé, bien sûr. Elle aussi paraissait très songeuse en quittant la *trattoria*. Aussi s'étaient-ils offert une déambulation dans la cité souterraine, avant d'admirer les fresques de la chapelle San Brizio. Hélas, après ce moment de paix et de contemplation, Alessandro avait été tourmenté par le retour enflammé de son désir.

Car, même s'il était resté sur un canapé de l'accueil du magasin de lingerie pendant que la jeune femme essayait ses sous-vêtements, il avait vu passer les bonnets en dentelle ou en coton tout simple, et imaginé cent fois comment ses seins gonflaient dessous. Les clips à déclipser, les attaches à détacher. Même torture avec les slips et les culottes, quelles que soient leur forme, leur couleur, leur matière.

En ce moment, par exemple, il savait que, sous son tailleur couleur crème très strict, derrière la rangée de boutons de son chemisier en soie sauvage, elle portait peut-être l'ensemble bleu pâle, presque transparent. Un slip très échancré et un soutien-gorge sans armatures. Il devinait la forme de ses tétons sous le tissu d'une finesse à rendre fou, et la simple idée de…

Ses rêves érotiques l'avaient laissé, au réveil, dans un état de frustration à la limite du supportable. « Le moine ». Pour une fois, il aurait préféré faire honneur à ce stupide surnom, pensa-t-il en serrant les dents.

Moins d'une minute plus tard, la limousine venue les chercher à l'aéroport parvenait à destination.

Ils avaient loué un pavillon privé dans le complexe hôtelier où Mme Obeid leur donnait rendez-vous. Avec son terrain de plus de dix hectares célèbre pour ses orchidées, Harrak Marrakech était un ancien palais du XIVe siècle offrant, depuis ses ruines, une vue exceptionnelle sur les montagnes de l'Atlas. Les locataires des pavillons du parc jouissaient d'une piscine privée, de leur propre jardin et d'une équipe d'employés, y compris un chef. Le luxe de l'établissement était très impressionnant, même aux yeux parfois blasés d'Alessandro – qui, avec Gianni, possédait plusieurs complexes hôteliers de par le monde.

Durant le trajet, Amélia lui avait fait part de ses observations sur la présentation du projet révisée à Londres – suggestions pertinentes qu'il avait toutes validées, sans pouvoir penser à autre chose qu'à leurs étreintes à Hong Kong.

— Elle va s'attendre à ce que tu présentes toi-même

le dossier et elle risque de ne pas apprécier l'absence de Gianni, prévint Amélia.

Il hocha distraitement la tête. Aux yeux de la plupart des gens, son cousin était son frère siamois : à eux deux, ils ne formaient qu'une seule personne.

La façade en terre cuite du pavillon de cinq pièces ne manquait pas de majesté. La baie vitrée du salon faisait apparaître deux colonnes garnies de jasmin, une terrasse et une piscine encadrée de quatre rangs de palmiers.

En traversant le couloir, Alessandro apprécia la fraîcheur naturelle procurée par les vieilles pierres. Deux employés souriants les conduisirent dans un espace de détente où les attendaient une bouteille de champagne millésimé dans son seau à glace, du jus d'orange pressé au parfum envoûtant, et un assortiment de pâtisseries salées et sucrées saupoudrées de paprika, de pistaches ou de cannelle.

Il sentit le regard d'Amélia sur lui. Elle *espérait* qu'il serait impressionné par la beauté des lieux, l'efficacité du personnel, la qualité des aliments.

Voilà. C'était précisément ce qui le gênait. Enfin, il avait trouvé !

Elle s'était mise en retrait. Un pas derrière lui. Et ce n'était pas du tout conforme à la personnalité d'Amélia Seymore.

Depuis qu'ils avaient quitté Londres, elle ne se comportait plus comme la femme si indépendante qu'il avait toujours connue. Celle qui avait su prendre tant d'initiatives, à Hong Kong. Celle qui était d'accord pour commencer un jeu avec lui, et qui en avait dicté les règles : « Cette nuit seulement. N'en reparlons jamais. »

Elle avait baissé la tête… et c'était sa faute.

— Merci beaucoup, dit-il aux deux employés avant

de faire demi-tour pour reprendre le couloir et se diriger droit dans sa chambre.

Amélia était émerveillée par tout ce qu'elle voyait, tout ce qu'elle sentait. Le parfum capiteux et en même temps si léger des orchidées dans le parc. La vue sur les cimes des montagnes de l'Atlas. Les couleurs océanes sublimées par la lumière orangée du soleil.

Après une longue promenade, elle était revenue s'installer à la terrasse du pavillon pour effectuer quelques dernières corrections manuelles sur sa présentation d'Aurora.

Pourtant, la pensée du regard d'Alessandro quittant brutalement le salon la poursuivait. Ce regard incompréhensible où elle avait cru lire un mélange de dégoût et d'effroi.

C'était elle, bien sûr, qui le faisait fuir par sa seule présence. Elle avait cru que leur conversation, la veille, les avait rapprochés. Eh bien non, ce n'était pas suffisant – quoi d'étonnant à cela ?

Il n'était pas prêt à la regarder autrement que comme l'ennemie venue, telle le Mal en personne, saboter ce qu'il avait de plus précieux – son entreprise. Elle le comprenait d'autant mieux désormais, qu'elle savait ce que Gianni et Alessandro Rossi avaient accompli.

Longtemps, elle avait cru que les deux Italiens avaient bénéficié de la richesse du vignoble de leurs pères. Qu'ils étaient arrivés sur le marché du développement immobilier grâce à une caution familiale. Il n'en était rien. Non seulement ils avaient dû traverser une enfance martyre, mais, le jour où ils tenaient enfin leur chance d'entamer leur carrière, Thomas Seymore les avait replongés dans la misère pour des années.

Rossi Industries, c'était bien davantage qu'une carrière – c'était tout à la fois la revanche, la victoire et l'identité d'Alessandro. Et elle avait tenté de la tuer ! Comment imaginer qu'il lui accorderait un jour l'absolution ?

Pourtant... Elle refusait de baisser les bras. De se contenter d'espérer qu'il serait un bon père pour leur enfant et une sorte de « partenaire de parenté » pour elle. Elle voulait plus. Bien plus. Elle ne songeait qu'à retrouver l'ardeur et les délices de leurs folles étreintes à Hong Kong. Non seulement parce qu'elle avait désespérément besoin de retrouver cet Alessandro-là, mais aussi parce qu'elle tenait à renouer au plus tôt avec cette version d'Amélia Seymore – plus libre, plus spontanée.

C'est bien le moment ! Concentre-toi, lui ordonna la voix de sa conscience. Certes, le meilleur moyen de parvenir à cette fin restait de sauver Aurora. Si elle réussissait à garantir le succès et la sécurité de Rossi Industries via le projet Aurora, alors peut-être sentirait-elle disparaître, au-dessus de sa tête, l'épée de Damoclès qu'elle y avait elle-même placée.

Et peut-être retrouverait-elle Alessandro là où ils s'étaient quittés, à Hong Kong : sur un pied d'égalité, heureux, incrédules... ivres de plaisir.

La sonnerie du téléphone du pavillon retentit, et elle retourna dans le salon pour décrocher.

— Oui ? Absolument, nous sommes prêts.

La haute silhouette d'Alessandro apparut dans la pièce. Il la dévisageait d'un œil inquisiteur.

En raccrochant, elle sourit et confirma :

— Sofia Obeid est en chemin. Elle devrait arriver en milieu d'après-midi.

Si cette tête de mule de Gianni avait consenti à sortir de sa petite bulle paradisiaque durant quelques minutes, de sorte qu'Alessandro le consulte au sujet de Sofia Obeid… peut-être se serait-il senti moins à cran.

Oui, à cran. Nerveux et contrarié, incapable de recouvrer son flegme légendaire. Car, après le coup de tonnerre de l'insolvabilité à venir de Firstview, il n'était plus sûr de rien. La réputation de cette Anglaise se comportant comme une rédactrice en chef de magazine de mode ne lui plaisait pas. Arrogante, farfelue, capricieuse…

Dès que l'employé la fit entrer au salon, Alessandro se leva avec galanterie.

Tailleur noir et blanc emblématique d'une grande maison de haute couture française, sac à main en cuir orange tout aussi mythique, nuage de parfum étourdissant, lunettes papillon, teint de bronze très mat et cheveux noirs coupés au carré. La structure fine et délicate du visage de la jeune Anglo-Marocaine en était mise en valeur.

Du haut de son mètre soixante-dix d'élégance et de beauté, Sofia Obeid imposait le respect à quiconque croisait son chemin. C'était son regard d'un bleu très pâle qui glaçait l'interlocuteur par sa perspicacité et son intelligence.

Alessandro sourit et offrit sa poignée de main à cet étrange personnage.

— Enchanté, madame Obeid. Merci d'avoir accepté cet entretien dans un délai si court.

Elle hocha la tête en guise de salut et, lorsqu'elle se tourna vers Amélia, celle-ci exécuta une sorte de petite révérence qui stupéfia Alessandro et parut satisfaire leur invitée.

— Voulez-vous vous installer ? suggéra-t-il en l'invitant à s'asseoir à table, face à la terrasse.

— Oui, merci, répondit-elle avec un accent *posh* typique des vieilles familles de la haute bourgeoisie britannique.

Elle se plaça en bout de table et fit signe à ses deux hôtes de prendre place autour d'elle.

Amélia lui sourit tandis qu'il remplissait leurs trois verres de thé glacé.

— Et l'autre ? s'enquit-elle en fixant Alessandro. Où est-il ?

Alessandro la contempla sans comprendre.

— L'autre ? répéta-t-il.

— Oui. Comment dites-vous, déjà ? Le sexy Rossi ?

Fort heureusement, Alessandro n'avait pas encore porté son verre à ses lèvres – sinon, il se serait étranglé sans aucune bienséance.

Car la façon dont cette femme venait de prononcer ces mots – avec un dédain ostensible – le mettait hors de lui. Au prix d'un effort surhumain, il parvint à serrer les mâchoires et à répondre d'un ton aussi neutre que possible :

— Il ne pourra pas se joindre à nous. Il est quelque part en mer des Caraïbes.

— Vous trouvez cela sérieux ? glapit-elle. Nous allons passer en revue tous les aspects d'un marché crucial pour vous pendant que la moitié de la direction de Rossi Industries se fait bronzer sur une plage en collectionnant les aventures ?

Imperturbable, Alessandro fixa les yeux tueurs de Sofia Obeid.

— Oui, c'est ce que nous allons faire. D'abord parce que la réputation de mon cousin est usurpée : s'il profite de façon un peu bruyante de ses loisirs quinze jours par an, c'est parce qu'il se tue au travail le reste de l'année. Il travaille quatre-vingts heures par semaine. Ensuite, croyez-moi, s'il n'est pas ici aujourd'hui, c'est parce que c'est réellement impossible. Enfin, j'ai son feu vert : je peux agir en son nom, et vice versa. Notre confiance mutuelle est solide comme un roc.

Lorsque la financière se tourna vers Amélia, Alessandro crut apercevoir un discret hochement de tête de la part de sa salariée.

Les alarmes se déclenchèrent aussitôt dans son cerveau. Il se passait quelque chose. Quelque chose d'anormal. Seulement, il ne parvenait pas à déterminer exactement quoi.

Durant toute la présentation du projet que, conformément à la prescription d'Amélia, il assumait lui-même, il s'efforça de rester vigilant au langage corporel des deux femmes.

Son flair le trompait rarement. Décidément, un maillon de la chaîne n'était pas net. Devait-il sombrer dans la paranoïa et croire que, pour la seconde fois, Amélia tentait de saboter Aurora ? Il faudrait qu'elle ait perdu la raison…

Non, elle était sincère. Non seulement elle regrettait mais personne ne désirait davantage qu'elle sauver le projet Aurora.

Alors quel aspect de cet entretien lui mettait-il la puce à l'oreille ?

— Bien, observa Sofia quand il eut terminé d'exposer la révolution que représentait Aurora dans le domaine de l'habitat. C'est impressionnant, je l'admets. Qu'est-il arrivé à votre premier partenaire financier ?

— Nous avons découvert que ses garanties par capital ne pouvaient pas nous suffire, répondit-il.

C'était à la fois clair et vague : elle saisirait probablement le message.

— Si près de la signature ? insista-t-elle. Vous étiez sur le point de valider votre partenariat, d'après mes sources. Vous n'aviez donc pas effectué un audit en amont ?

Alessandro demeura de marbre.

— Si. Mais je ne suis pas le seul à cette table à avoir un jour viré de bord au dernier moment, je crois.

Il la fixait avec audace, mais sans triomphalisme. Au Rubis, sa secrétaire avait réussi à lui trouver la trace d'un contrat que Sofia Obeid avait préféré ne pas honorer, l'année précédente. Comme il était signé, elle avait payé une véritable fortune en dédommagements.

— Je vois que nous en avons déjà terminé avec les politesses, rétorqua-t-elle sèchement. Et je suppose que, si vous m'avez contactée, c'est que je suis votre dernier espoir ?

— Pas exactement... Oui et non.

Elle haussa les sourcils.

— Comment cela ? Vous m'expliquez, s'il vous plaît ?

Alessandro avait mûrement réfléchi. Il hocha la tête.

— Volontiers. Il est exact que nos options en matière d'agence de financement sont actuellement réduites. Pour des raisons conjoncturelles. Je peux donc faire affaire avec vous ou bien... renoncer au projet Aurora.

Des centaines de milliers de livres investies en recherche architecturale, des mois de travail pour les employés de Rossi Industries... Tout cela, à la poubelle ?

Dans le regard d'Amélia, il lut une immense angoisse. Une angoisse qu'il ne partageait plus.

— Attention, lâcha Sofia. La concurrence finira par inventer à son tour un projet de cet acabit, ou par récupérer vos innovations. N'espérez pas relancer Aurora d'ici deux ou trois ans. Vous vous rendez compte de l'opportunité à côté de laquelle vous passeriez ? Des risques d'écorner votre excellente réputation dans le monde de l'immobilier ?

— Oui. J'en ai conscience. Mais notre intégrité vaut infiniment plus que notre réputation, répondit-il.

Son interlocutrice parut impressionnée.

— Dans ce cas, je serai honorée de conclure un accord avec quelqu'un d'aussi attentif à l'éthique professionnelle, monsieur Rossi, dit-elle en se levant. Mon assistante va adresser à Mlle Seymore une liste de nos partenariats afin que vous puissiez nous auditer en urgence.

Sur ces mots, elle lui serra chaleureusement la main.

Sidéré par la réaction de la jeune femme, il se leva à son tour, et regarda Amélia escorter leur nouvelle partenaire vers la sortie.

Comme les deux femmes traversaient le salon en direction du couloir, Alessandro eut tout juste le temps de reprendre ses esprits et de bondir pour se plaquer dos au mur.

Ainsi, il entendit très distinctement le dialogue.

— Il a compris, soupira Sofia.

— Je sais, dit Amélia. Il n'est pas stupide.

— Mais pas dangereux, au moins ? J'espère que tu ne risques rien.

— Rien du tout, voyons.

Dès qu'il entendit la porte du pavillon s'ouvrir, il retourna s'installer sur un canapé.

Et, à l'instant où la jeune femme le rejoignit, tout sourires, il secoua tristement la tête.

— Hélas pour toi, Amélia, tu as raison sur un point : je ne suis pas stupide.

Son sourire s'évanouit, et elle le considéra avec une expression si coupable qu'il aurait dû en rire. Mais il était bien trop furieux contre elle et contre lui-même pour céder à l'hilarité !

— Alessandro...

— Le plus ahurissant, interrompit-il en lui décochant un regard meurtrier, c'est ton acharnement à vouloir détruire Rossi Industries ! s'exclama-t-il. Sans parler du mien à vouloir te faire confiance !

— Plus *jamais* tu ne me feras confiance, je le sais ! rétorqua-t-elle. C'est pourquoi je n'essaie même pas de te convaincre que tu peux compter sur moi… Ça ne sert plus à rien !

— Ça ne sert à rien ? répéta-t-il, sidéré qu'elle pousse le cynisme à un tel niveau.

— Non. La seule chose qui comptait à mes yeux aujourd'hui, c'était que ce rendez-vous débouche sur un partenariat. Et voici la vérité : oui, Sofia est une vieille amie. Nous nous sommes perdues de vue quand j'ai dû quitter le lycée privé où nous avions fait nos classes ensemble, jusqu'à mes quinze ans. Et je me suis tournée vers elle dès que j'ai voulu trouver une solution pour financer Aurora.

Amélia reprit sa respiration pour enchaîner :

— Elle a mis une condition pour t'accorder un rendez-vous en urgence. Au siège de son agence au Maroc comme dans ses bureaux de Londres, elle reçoit sans cesse la visite de grands hommes d'affaires qui regardent de haut la seule femme à avoir monté une agence financière d'envergure internationale. Elle aime se sentir respectée, et…

Le fixant droit dans les yeux, elle avoua :

— Sofia ne voulait absolument pas que tu saches qu'on se connaissait dans le privé, elle et moi.

10

Lentement, le visage d'Alessandro s'éclaira. Ses traits se détendirent. Son sourire revint, charmeur et irrésistible, sur ses lèvres ourlées. Et il passa une main dans ses cheveux, confirmant par ce geste qu'il la croyait.

Amélia sentit une nappe de soulagement l'envelopper de sa douce chaleur.

— C'est… C'est ridicule de sa part, murmura-t-il.

— Pas si tu te mets à sa place une minute, objecta-t-elle. Tu n'es pas le seul qui mise gros avec Aurora. Si nos projections sont justes, les commandes seront multipliées par vingt en moins de cinq ans. Sofia va devoir mobiliser l'intégralité de son réseau de placements. Elle sera attendue au tournant par la concurrence et devra prouver qu'elle a les reins solides. Ce projet peut la propulser, elle aussi, vers un succès stratosphérique. Un succès qui la délivrerait à jamais des rumeurs sexistes et des préjugés liés à sa double nationalité.

Alessandro hocha la tête.

— Je serai gagnant, Gianni aussi, Sofia aussi… Et toi ? Qu'est-ce que tu gagnes dans l'affaire ?

Elle aurait pu esquiver. Mentir. S'en tirer par une quelconque pirouette. Mais elle était fatiguée de tricher. Alors tant pis si sa réponse devait lui faire peur.

— Nous, j'espère. Alessandro, je veux que nous nous donnions une chance, toi et moi.

Alessandro avait-il bien entendu ? Venait-elle de lui dire qu'elle désirait qu'ils forment un couple ?

— En me mentant ? opposa-t-il, incrédule.

— En réparant les dommages que j'ai commis du mieux possible, protesta-t-elle. Et ce n'était pas un mensonge : j'ai juste passé sous silence une information qui n'a rien de crucial.

Il la contempla avec attention.

Depuis le départ de Sofia, elle avait lâché ses cheveux sur ses épaules. Dans son tailleur crème, avec les joues rosies par la colère et l'émotion, les yeux brillants, elle était plus désirable que jamais.

— Maintenant, conclut-elle, j'ai fait le maximum. La décision finale te revient.

Tournant les talons, elle partit vers sa chambre.

Durant un moment, il se demanda si elle parlait de la signature d'Aurora avec Sofia ou bien… de ce tabou entre eux. Ce tabou qui provoquait un tumulte insensé dans le flux de ses hormones.

Les paroles qu'elle avait prononcées résonnèrent en lui tandis qu'il errait dans le somptueux parc. Elle avait raison : après la trahison dont elle s'était rendue coupable, il ne parvenait plus à lui accorder pleinement sa confiance.

Il prit son smartphone, tenta une nouvelle fois de joindre son cousin et, comme il tombait encore sur son répondeur, raccrocha en soupirant.

Il aurait pourtant dû exulter, trépigner de joie : d'ici quarante-huit heures, dès que toutes les opérations de routine auraient été effectuées par ses équipes, au Rubis, pour vérifier la solidité de Sofia Obeid Financements, il pourrait officiellement annoncer la mise en œuvre du projet Aurora.

Alors pourquoi sentait-il un poids si lourd lui écraser la poitrine ? Pourquoi les paroles d'Amélia le transperçaient-elles comme autant de lames s'enfonçant dans sa chair ?

Longtemps, il resta assis sur un banc, à contempler la montagne et ses contours floutés, mystérieux, à chercher des réponses dans la splendeur d'un ciel d'un bleu – irréel.

Le jour déclinait. Bientôt, le soleil se coucherait sur une journée qui, il le savait, marquerait l'histoire de Rossi Industries. Et pourtant, cette date serait peut-être plus importante encore dans sa vie personnelle.

Deux années durant, il avait voulu voir en Amélia Seymore une employée parfaite – qu'elle n'était pas. Car elle n'était pas davantage une infâme arnaqueuse : elle avait tout réparé. Dans le même ordre d'idées, si elle était la fille de Thomas Seymore, elle ne lui ressemblait en rien ; courageuse, honnête et droite, elle avait payé très cher les erreurs de ce père apparemment tendre et dévoué au bonheur de ses filles.

En somme, rien n'était blanc ou noir, bon ou mauvais, juste ou injuste. Il avait faux sur toute la ligne. Ce qui signifiait que la première victime de ses illusions et de ses mensonges, c'était lui. Bien sûr que non, il ne l'avait pas conduite jusqu'en Italie parce qu'il avait besoin de la faire parler dans l'intimité de sa villa ! À sa place, n'importe quel autre patron aurait laissé les ressources humaines régler l'affaire – au siège, à Londres.

Non, ce n'était ni la colère ni le ressentiment qui l'incitait à la garder nuit et jour auprès de lui – bien avant qu'il apprenne qu'elle était enceinte.

Ce qui le tenaillait, ce qui le rongeait, c'était le désir qu'elle lui inspirait. Il avait follement envie d'elle depuis des semaines, depuis leur retour de Hong Kong.

À grandes enjambées, il retourna vers la villa et sentit son pouls s'affoler dès qu'il repéra la jeune femme, derrière la baie vitrée. Elle faisait les cent pas dans le salon.

Il avait une folle envie de la tenir tout contre lui, de respirer son parfum, de savourer le contact de sa peau. Une envie si irrépressible qu'il courut pour la rejoindre.

Sans un mot, il s'approcha d'elle, la prit par la taille et chercha l'approbation dans ses yeux d'un vert bleuté aussi intense que celui des eucalyptus.

Aussitôt, elle entoura son cou de ses bras. Il l'embrassa d'un baiser tendre, léger, tant il avait besoin de sentir l'infinie douceur de ses lèvres. L'exquise saveur de cette bouche pulpeuse et fraîche comme un fruit mûr... Son parfum le grisait, et l'évidence de leur attirance réciproque faisait s'emballer son cœur. Comme à Hong Kong. Ce sentiment d'être au diapason avec quelqu'un, comme jamais cela ne lui était arrivé auparavant, dans une réciprocité parfaite...

Il l'attira plus près pendant qu'il approfondissait leur baiser, enroulant la langue autour de la sienne avec volupté. Le soupir qu'elle laissa alors échapper décupla son ardeur.

Un courant électrique fusait dans ses artères, à mesure que leur étreinte s'embrasait. Amélia répondait avec fièvre à son élan, écrasant la pointe de ses seins contre son torse, promenant ses doigts ensorcelants dans l'épaisseur de ses cheveux.

Son corps, dont l'image le hantait chaque nuit depuis des semaines, ondulait déjà sous ses effleurements. Il n'avait pas oublié ses hanches si rondes, sa taille souple, sa poitrine... Rien que par l'intensité de ce baiser, Alessandro était projeté dans la chambre d'hôtel où, toute une nuit, ils s'étaient entièrement offerts l'un à l'autre.

— *Cristo*, lâcha-t-il à bout de souffle en arrimant son regard à celui d'Amélia. S'il te plaît... Demande-moi d'arrêter.

— Je... Je ne peux pas, murmura-t-elle, les yeux embués de désir.

Il cessa de respirer quand elle caressa encore sa nuque de sa main légère et douce.

— J'en ai trop envie, ajouta-t-elle. Et c'est ce que je veux vraiment.

À son tour, il fit crisser ses doigts dans ses longues mèches soyeuses, dont les effluves de rose et de santal le rendaient fou.

— Alors les dés sont jetés. Parce que c'est ce que je veux aussi, répondit-il d'un ton rauque.

Il fallait qu'il lui fasse l'amour. Il voulait la voir nue, lire la jouissance dans ses yeux, lui prodiguer le plus intense des plaisirs exactement comme elle le demanderait.

Sans hésiter davantage, il la souleva, la prit dans ses bras et traversa le salon pour la conduire à sa chambre. Celle où il aurait dû dormir seul, et où il ne songeait plus qu'à revivre la magie de leurs corps-à-corps à Hong Kong.

Dominant l'impatience qui le consumait, il la déposa sur le matelas et tomba à côté d'elle pour unir de plus belle sa bouche à la sienne.

Ce qui lui arrivait était tellement étrange... Comme s'il embrassait une femme pour la première fois. Pas seulement à cause de la fougue qui l'animait, elle aussi. Ni parce que de longues semaines de frustration tendaient chacun de ses muscles et faisaient monter en lui une furieuse colonne de sève. Tous ses sens étaient retournés, mis à sac. Le naturel d'Amélia, sa candeur, sa spontanéité le bouleversaient – or ces émotions agissaient sur lui comme le plus puissant des aphrodisiaques.

Il s'efforça en vain de puiser dans la douceur de sa peau, dans la générosité de sa bouche, la force de revenir à la surface, mais la noyade était irrésistible... Son teint de porcelaine, son grain de peau d'une finesse surnaturelle, l'harmonie de ses traits : elle le captivait.

Amélia Seymore accomplissait le prodige d'associer une personnalité hors norme et enflammée à une délicatesse et une fragilité déconcertantes. Les caresses qu'elle lui prodiguait de ses doigts graciles étaient plus légères que des ailes de papillon, le baiser dont elle le dévorait avait presque la sauvagerie d'un fauve sur sa proie...

Bousculé par les élans contraires de sa libido, Alessandro voulait faire durer leur première étreinte durant de longues heures, et la posséder sur-le-champ.

Il déposa une myriade de baisers de braise le long de son cou, savourant le goût fleuri de sa chair si sensible. Très vite, il poursuivit son exploration jusqu'à la naissance de sa poitrine et défit lentement, très lentement, chaque bouton de nacre de son chemisier. À chacun de ses mouvements, il voyait la poitrine de la jeune femme s'animer avec puissance, monter et descendre. Un frémissement plus intense la secoua tandis qu'il infiltrait sa main sous la soie pour atteindre la dentelle de son soutien-gorge et retrouver la rondeur parfaite de ses petits seins gonflés et durs. Il les caressa avec volupté, jusqu'à s'arrêter à la limite de ses tétons dressés. Du bout de l'index, il se mit à tracer de petits sillons autour, le long de ses aréoles. Amélia s'était mise à haleter sous ses caresses. Elle se cambrait.

Alors, n'y tenant plus, il la débarrassa de son chemisier d'un geste impatient, dégrafa son soutien-gorge avec la même fureur et bascula aussitôt sur elle pour happer de sa bouche les dards roses et offerts de ses seins, les aspirer avec délectation, les sucer, les lécher, les torturer...

— Oh oui ! Oui ! gémit-elle, cambrée.

Les yeux fermés, elle enfonça les ongles dans ses cheveux, l'invitant à la dévorer encore, à ravager sa poitrine de sa bouche affamée. Sa réaction débridait davantage son désir, et il déboutonna son pantalon.

Elle se tortilla pour se défaire de sa jupe et, délivrée, l'aida à faire voler au travers de la pièce sa chemise et son pantalon. Les longues jambes fuselées d'Amélia s'ouvrirent, et Alessandro glissa une main entre ses cuisses. Lentement, il remonta jusqu'à sa culotte. Elle gémit plus fort avant de souffler :

— Je t'en prie. Oui, oui...

À l'instant où il s'aventura vers le brasier de son sexe, elle poussa un cri qu'il étouffa d'un baiser passionné. Arrimée à son cou, elle se cambrait encore et toujours comme pour épouser les assauts d'une vague, les cuisses écartées. Avec une infinie délicatesse, Alessandro posa les doigts sur son clitoris brûlant et savoura la longue, très longue plainte de plaisir qu'exhala Amélia... bientôt suivie de nouveaux halètements explicites. De deux doigts, il encerclait son sexe et alternait caresses et pressions, fasciné par les palpitations au creux de sa main. Il était habité par une possessivité inexplicablement jouissive.

D'un mouvement autoritaire, il fit glisser son slip sur ses chevilles. Puis il enfouit sa tête entre ses cuisses.

Le cœur d'Amélia battait si fort qu'il allait exploser.

La puissance des vagues de plaisir qui l'emportaient était incompréhensible. Inouïe. Durant ses études, elle avait eu quelques petits amis, puis une ou deux aventures éphémères, mais…

Entre les bras d'Alessandro, son expérience du sexe basculait dans une autre dimension. Des sensations nouvelles fusaient dans sa chair, son corps était irrigué d'une lave surnaturelle, et chaque caresse d'Alessandro agissait comme une drogue : elle en voulait encore, toujours plus – qu'il ne se détache jamais d'elle. Elle ne pouvait pas se passer de ses mains, de sa bouche.

Alors que des ondes de plus en plus violentes la transperçaient, un tsunami se leva, et elle se sentit exploser en millions de particules, sous l'effet de l'orgasme.

Pantelante, elle ouvrit les yeux vers Alessandro qui remontait au-dessus d'elle, la couvant d'un regard intense. Il l'embrassa longuement, avant qu'elle ne s'écarte pour le contempler.

Elle admira son large torse, ses épaules massives, sa musculature. Puis elle baissa les yeux sur la force de son érection.

D'une main lascive, elle caressa ce sexe énorme et dressé pour elle, savourant les grondements gutturaux de son compagnon. Elle adorait la douceur de sa peau, le contraste entre l'extraordinaire puissance de sa verge et l'infinie sensibilité de son extrémité.

Par un lent mouvement de va-et-vient, elle continua de l'exciter jusqu'à ce qu'il lui saisisse brutalement le poignet.

— Amélia, attends…

— J'ai envie de toi, coupa-t-elle, devinant le sens de la prière muette, dans ses yeux presque noirs.

Pour toute réponse, il l'attira à lui et l'embrassa de façon si sensuelle qu'elle planta furieusement les ongles dans ses omoplates avant de s'écraser contre lui, ivre de désir.

— Une seconde, plaida-t-il. Il faut que j'aille chercher un préservatif dans ma trousse de...

— Non, l'interrompit-elle en lui décochant un sourire moqueur.

Durant une fraction de seconde, il demeura interdit. Puis il rit et l'embrassa encore.

Alors qu'ils s'enlaçaient plus étroitement, il bascula sur elle, et elle enroula les cuisses autour de lui afin de l'accueillir. Il la pénétra d'un puissant coup de reins, et elle lâcha un cri d'extase. Son corps avait besoin du sien. Ils s'épousaient comme deux moitiés amputées retrouvant leur forme originelle – une évidence qu'elle avait déjà vécue à Hong Kong.

La sensation, primaire, exquise par sa bestialité, faisait battre son cœur d'un son mat, et Amélia se laissa happer par un fleuve de plaisirs sauvages. Peu à peu, Alessandro imprimait à leur corps-à-corps un rythme incandescent et tribal. Arrimée à son cou, elle se concentrait sur le merveilleux séisme de sa chair. Le brasier qui incendiait chaque atome de son corps, le liquide explosif qui se ruait dans son sang. Par deux fois, elle le chevaucha et, par deux fois, il bascula sur elle, puis derrière. Leur étreinte devenait fusion, leurs corps enchevêtrés s'aspiraient l'un l'autre.

Puis revint l'orgasme – sa culminance étourdissante et le bonheur absolu qui l'accompagnait. Amélia ferma les yeux. Une larme roula discrètement sur sa joue. Elle n'aurait su dire si c'était une émotion causée par la joie, ou par l'intensité du plaisir que lui procurait Alessandro... Emportée sur la cime de l'extase, elle refusait de prêter attention au sentiment qui l'inondait.

11

Lorsque Amélia ouvrit les yeux, elle était seule, et le murmure de l'eau coulant sous la douche lui parvenait depuis la salle de bains.

Lui revinrent alors en mémoire les assauts furieux qu'Alessandro et elle avaient enchaînés au cours de la nuit. Des étreintes encore plus érotiques, plus audacieuses que celles de Hong Kong…

Que se passerait-il lorsque son compagnon la rejoindrait ? Toujours aussi séduisant, il exhiberait le contraste de son teint de bronze sur son peignoir blanc, mais trouverait-elle sur son visage le sourire ensorcelant de son amant, ou le glacial froncement de sourcils de son boss ? À la simple idée de revoir sa moue de dégoût ou son regard hostile, elle était prise de panique.

Cet homme était le père de l'enfant qu'elle portait, et elle ne savait pas sur quelles bases inventer un couple avec lui. Oh ! bon sang, elle avait hâte que son sabotage d'Aurora soit définitivement conjuré par Sofia, que ce chapitre de sa vie, dont elle avait tellement honte, soit derrière elle ! Difficile, en attendant, d'espérer qu'Alessandro change radicalement son regard sur elle.

Baissant instinctivement les yeux sur son annulaire gauche, elle s'interdit d'espérer l'impossible. Allons, il fallait se réveiller ! Elle dompta son émoi, se leva et ramassa ses vêtements aux quatre coins de la pièce avant de s'enfuir dans sa chambre.

Puis elle passa dans sa propre salle de bains et, actionnant les jets de vapeur de la luxueuse cabine, emplit ses poumons des effluves de jasmin pour apaiser son angoisse. Longuement, elle resta sous le jet frais et bienfaisant de la douche. Mais la mousse du savon glissant partout sur son corps lui rappelait les caresses d'Alessandro, et, malgré les senteurs de jasmin du shampoing de l'hôtel, elle ne sentait que le musc ambré de ses cheveux noirs.

Même un rinçage glacé ne parvint pas à éteindre le feu rampant sous sa peau.

Enfin, de guerre lasse, elle se sécha et alla choisir dans sa valise une tenue décontractée : robe bain de soleil couleur orange brûlée et sandales plates. Sans maquillage, les cheveux secs et lâchés librement, elle se rendit sur la terrasse.

Un somptueux petit déjeuner leur avait été porté, et elle rejoignit Alessandro, attablé devant café, viennoiseries... et ordinateur. Tandis qu'il s'entretenait avec quelqu'un en visioconférence, elle s'installa face à lui.

Après avoir posé une pâtisserie au miel dans son assiette, elle se remplit un verre d'orange pressée et posa machinalement une main sur son ventre, en espérant que son bébé apprécierait autant qu'elle la fraîcheur et le goût des agrumes marocains.

Enfin, Alessandro raccrocha, ferma son ordinateur et annonça :

— Les vérifications ont été effectuées par toute l'équipe à Londres. Ils ont travaillé dur, jusque tard dans la nuit. Et, sur leurs recommandations, j'ai décidé de signer avec Sofia Obeid Financements.

Amélia sourit. Un intense soulagement la gagnait. Le projet Aurora était sauvé !

Hélas, elle sentit presque aussitôt sa satisfaction se fissurer sous l'effet d'un courant d'air glacé. « L'équipe à Londres ». « Ils ». « J'ai décidé ». Elle était exclue, écartée... En même temps, pouvait-elle s'attendre à autre chose ? Après avoir offert une alternative à Rossi Industries en faisant surgir un financier outsider, croyait-elle conserver la direction d'Aurora ? Non, bien sûr que non.

Comme s'il lisait sur son visage à livre ouvert, Alessandro confirma :

— Tu ne seras plus la...

— Je sais, j'ai compris, coupa-t-elle, incapable d'entendre les mots terribles sortir de sa bouche.

En deux ans, elle s'était rendue indispensable. Et elle avait adoré son métier. Mais elle n'oubliait pas la vérité : elle avait infiltré les bureaux de l'ennemi dans le seul et unique but de dynamiter Rossi Industries. De détruire l'entreprise.

— Tu devrais faire préparer le jet, dit-elle.

— Pardon ?

Il haussa les sourcils, ne comprenant visiblement pas son mouvement d'humeur.

— Alessandro, je suis enceinte ! s'exclama-t-elle en le fusillant du regard.

— Oui. Et ?

Elle lut la confusion sur son visage.

— Et la menace qui pesait sur le projet Aurora est levée. Rossi Industries n'a rien à redouter et peut même se préparer à connaître un développement majeur !

De plus en plus déconcerté, à en juger par son air perplexe, il répéta :

— Oui... Et ?

Tant pis pour la prudence. Elle lâchait prise. Oui, elle voulait lui dire tout ce qu'elle avait sur le cœur.

— Et tu refuses toujours de me faire confiance ! avoua-t-elle. Je sais bien que tu me désires mais, au-delà de ça... tu te méfies de moi comme de la peste. Tu prétends vouloir protéger notre enfant, or un enfant a besoin de bien plus qu'une sécurité financière ! Que fais-tu de ses besoins affectifs ? Il est indispensable qu'il ressente, à chaque instant de sa vie, au moins les premières années, l'amour absolu de son père *et* de sa mère !

Arrimant un regard désespéré au sien, elle enchaîna :

— Est-ce que tu es seulement d'accord pour qu'on vive ensemble ? Tous les trois ? Moi, j'ai envie de faire cette expérience avec toi. À chaque étape. Je voudrais que tu sois présent, à côté de moi, pour chaque échographie. J'ai envie que...

Elle reprit son souffle pour conclure :

— J'ai envie de tout partager avec toi. Et je ne parle pas seulement de notre enfant. Je parle de nous, Alessandro. J'ignore combien de temps Issy et Gianni resteront injoignables dans les Caraïbes, mais tu vois, je sais déjà que j'ai envie de partager ce bonheur dès que possible avec ma petite sœur. De lui raconter comment j'envisage le futur de notre bébé. Le nôtre, aussi... S'il te plaît, dis-moi si tu peux m'accorder une seconde chance ? Parce que rien ne sera possible, si tu n'es pas en mesure de me refaire confiance.

La sincérité d'Amélia n'était pas à mettre en doute. Alessandro voyait bien qu'elle lui ouvrait son cœur, qu'elle parlait sans retenue, ni faux-semblant.

Dans sa robe toute simple, avec ses cheveux qui brillaient

de mille éclats sous le soleil et ses traits si purs, sans maquillage, elle était ravissante. Elle avait vingt-cinq ans, mais elle en paraissait dix-huit. Il se retint de se lever pour faire le tour de la table et l'embrasser.

Comment lutter contre la panique qui sourdait en lui et menaçait de tout détruire telle une tornade ? Après la nuit qu'il venait de vivre avec elle, il était profondément secoué. Pourquoi Amélia Seymore déclenchait-elle des sensations si extrêmes, chez lui ? Et, s'il la laissait continuer, ne risquait-il pas de perdre tout contrôle ?

— Qu'est-ce que tu suggères ? s'enquit-il.

Un pâle sourire revint sur son adorable visage.

— J'ai un jeu à te proposer. Voilà.

Stupéfait, il la regarda prendre un bol vide et y verser une douzaine de morceaux de papier.

— J'ai dressé une petite liste de choses que nous pourrions faire ensemble, expliqua-t-elle.

— *Dio mio*, murmura-t-il. Qu'est-ce que c'est que ça ? Une version romantique du stage de cohésion d'équipe ? Je vais devoir me tenir debout, devant toi, et tomber en étant sûr que tu me rattrapes ?

La jeune femme éclata de rire. D'un rire si cristallin, si contagieux qu'il partagea volontiers son hilarité.

— Non, c'est un jeu moins anxiogène et plus intemporel ! promit-elle. Vas-y, essaie.

Après tout, pourquoi pas ? Il sourit et plongea la main dans le bol. À peine eut-il déplié le papier qu'il blêmit.

Emmène-moi dans un lieu de ton enfance.

Ah non. Impossible. Ni Gianni ni lui ne retourneraient dans le vignoble maudit où ils avaient failli laisser leur santé mentale, peut-être même leur peau.

— J'ai droit à combien de jokers ? demanda-t-il.

Si sa question décevait Amélia, elle n'en montra rien. Au contraire, compréhensive, elle répondit :

— Autant que tu voudras. Le but n'est pas de te piéger. Allons, oublie celui-ci et pioche encore.

Rassuré par sa réaction, il obtempéra et lut :

Montre-moi quelque chose dont tu es fier.

Cette fois, la proposition le séduisit tout de suite. Il sourit. Après lui avoir tendu le morceau de papier, il se leva.

— D'accord, dit-il. Je vais prier le personnel de préparer nos valises : nous partirons dès que le jet sera prêt à décoller.

Amélia s'était étonnée qu'il la ramène en Italie. Elle pensait que la plus grande fierté d'Alessandro et de Gianni, c'était le Rubis, non seulement parce que le gratte-ciel matérialisait leur réussite spectaculaire, mais pour sa valeur intrinsèque. Quel joyau d'architecture !

Dévorée de curiosité, elle se retrouva, après leur atterrissage à Naples, cheveux au vent, dans un cabriolet bleu turquoise au moteur vrombissant.

Alessandro n'avait jamais eu l'air aussi épanoui : au volant, il riait en lui faisant découvrir les parfums des petits marchés à ciel ouvert le long des routes, les couleurs si différentes de celles de la Toscane, l'atmosphère électrique de la vieille ville.

Ils sinuèrent longtemps sur la côte de la baie napolitaine, où Amélia s'emplit les poumons de la fraîcheur tyrrhénienne, tout en cherchant à apercevoir Capri.

Enfin, ils parvinrent dans le quartier du Pausilippe, et Alessandro se gara dans une rue résidentielle, au pied d'un pâté de maisons mitoyennes, jolies mais modestes.

Les façades ocre et jaunes étaient pimpantes, les huisseries neuves.

Avec galanterie, il sortit de voiture pour venir lui ouvrir la portière et lui prit la main, l'invitant à descendre sur le trottoir et à examiner ces petites habitations.

— Quand nous avons réalisé que nous ne pourrions rien faire de la parcelle vendue par ton père, nous nous sommes retrouvés dans une impasse, expliqua-t-il.

Ces paroles réveillèrent sur-le-champ la douleur et la culpabilité d'Amélia. Non seulement ils n'avaient pas obtenu ce qu'ils avaient acheté, un terrain constructible, mais ils s'étaient retrouvés forcés de payer les traites d'un emprunt sans retour sur investissement.

— Nous devions réagir vite, continua-t-il. Notre meilleure option, c'était la rénovation et la revente immédiate. Et nous avons commencé par l'appartement du premier étage, là, dans cette maison.

Amélia regarda dans la direction qu'il pointait. Il devait s'agir d'un grand studio ou d'un petit deux pièces, estima-t-elle.

— Gros œuvre et remise aux normes, réfection et aménagement : nous avons créé un logement dans ce bâtiment à l'abandon, et nous l'avons cédé tout de suite pour en acheter un autre, dans le même état de délabrement. Puis un autre encore. Un an après, nous avions intégralement rénové les cinq maisons qui se trouvent devant toi. Rossi Industries a commencé là. De façon très humble, mais… Oui, je crois que c'est ce dont je suis le plus fier.

Il y avait de l'émotion dans sa voix. À nouveau, son regard était dissimulé derrière ses lunettes de style aviateur, mais elle savait ce qu'il éprouvait. À deux, Gianni et lui avaient trouvé la force de se redresser et d'aller de l'avant, de donner le meilleur d'eux-mêmes – car la colère et le désir de revanche faisaient pousser des ailes.

Elle avait traversé la même expérience, avec Issy.

— À ton tour, lança Alessandro une heure plus tard, comme ils étaient installés à la terrasse d'un café dominant la baie.

Il devait être fou de s'être privé de ces plaisirs simples et essentiels depuis si longtemps, songea-t-il, amusé, en contemplant la tasse vide de son expresso.

Profiter d'une pause, d'un paysage, ne pas être obnubilé par le prochain rendez-vous ou la réunion inscrite au programme...

Sirotant son thé glacé, Amélia lui souriait, et son regard bleu-vert était comme une caresse.

— Alors ? s'enquit-il en la toisant avec curiosité.

Elle se contenta d'ouvrir son sac et d'y prendre son smartphone. Après y avoir cherché quelque chose, elle plaça l'écran sous ses yeux.

De plus en plus intrigué, Alessandro se pencha sur l'image qui représentait deux jeunes filles d'humeur radieuse, souriant joue contre joue à l'objectif, l'une d'elles serrant une superbe coupe de crème glacée.

La joie naturelle qui émanait de ces deux visages était contagieuse.

Longtemps, il admira les traits fins d'Amélia, avant d'accorder un peu de son attention à la bouille plus ronde et espiègle de sa jeune sœur. Un indiscutable air de famille les rapprochait.

— C'est Isabelle ?

— Oui.

Il fronça les sourcils en comparant le châtain profond de la cadette et les reflets de noisette des longues boucles d'Amélia.

— Je croyais qu'elle était blonde, observa-t-il.

— Elle l'est devenue. Gianni n'aime pas les brunes.

Les diablesses ! En effet, son cousin cultivait un goût

assez douteux pour les grandes blondes moulant leurs formes dans des vêtements tape-à-l'œil et hors de prix. Bien qu'agacé par ce travers, Alessandro ne l'avait pas sermonné, sachant que Gianni finirait par se débarrasser de cette immaturité.

— Et c'est ce dont tu es fière ? demanda-t-il, scandalisé. D'avoir convaincu ta petite sœur de se métamorphoser en pin-up pour attirer Gianni dans un piège ?

Amélia s'esclaffa et leva les yeux au ciel.

— Non ! C'est elle qui me rend fière. Ma sœur.

Elle reposa son verre pour poursuivre :

— En fait, quand nous étions petites, nous n'étions pas très proches l'une de l'autre. Nos deux ans d'écart pesaient deux siècles, nous étions plutôt comme chien et chat, et puis... Les choses ont changé. Issy était encore une enfant quand papa a perdu sa société, puis lorsque maman et lui ont été prisonniers de leurs démons. Issy les a vus sombrer l'un et l'autre dans la dépendance et la morbidité, et les probabilités jouaient contre elle, pour qu'elle parvienne à emprunter un chemin différent.

Visiblement bouleversée, elle secoua la tête et insista :

— Un changement aussi violent, aussi radical dans la vie d'une jeune fille de treize ans produit une catastrophe dans la plupart des cas. Mais Issy n'a pas déraillé.

— Parce que tu étais là, intervint-il. Parce qu'elle a pu compter sur sa grande sœur.

Amélia secoua la tête.

— Non. Enfin, peut-être un peu, mais elle ne doit qu'à elle sa rectitude et son cœur d'or. C'est quelqu'un de bon, de généreux. Elle s'occupe d'enfants atteints de maladies graves en tant qu'auxiliaire de puériculture : des petits pour la plupart condamnés à court ou moyen terme. Ma sœur adore son métier, elle fait preuve d'un courage et d'un dévouement incroyables ! C'est sa personnalité. Je n'y suis pour rien.

Sa tendresse l'étranglait et, respectant sa pudeur, il resta silencieux, lui-même en proie à une vive émotion.

Des dégâts collatéraux. Gianni et lui avaient traité ces deux gamines en dégâts collatéraux. Certes, ils ne savaient même pas qu'elles existaient, le jour où ils étaient venus annoncer à Thomas Seymore qu'ils allaient s'emparer de ce qui restait de sa société immobilière. Mais c'était précisément là leur faute : ils ne s'étaient pas posé de questions.

Que serait-il arrivé aux deux sœurs si elles n'avaient pas pris la voie de la vengeance ? Sans doute se seraient-elles effondrées. Alors oui, Amélia avait raison : elles avaient bien fait de s'accrocher à cette perspective.

— Que comptiez-vous faire ensuite ? demanda-t-il.

Amélia le dévisagea sans comprendre.

— Comment cela ?

— Une fois que vous auriez réussi. Rossi Industries aurait été en faillite, mon cousin et moi ruinés… Quelle était la prochaine étape, pour vous ?

Pour la première fois depuis qu'il connaissait Amélia, il sentit que sa question la mettait en difficulté. Qu'elle ne s'y était pas préparée.

— Je n'en sais rien, avoua-t-elle.

Sa voix d'enfant perdue lui brisa le cœur.

Comme ils retournaient à la voiture, Amélia proposa à Alessandro de piocher un nouveau papier. Elle les avait rangés dans une boîte en plastique qui ressemblait un peu à une urne.

— Il me semble que tu pourrais commencer, cette fois, objecta-t-il en s'installant au volant.

— Si tu veux, répondit-elle.

Emmène-moi dans un endroit que tu as toujours voulu connaître.

Dès qu'elle présenta le papier à son compagnon, il parut enthousiasmé par cette nouvelle aventure.

— Alors ? Ne te censure surtout pas ! plaida-t-il. Je serai ravi de te suivre dans le lieu que tu as en tête… Même si j'ose espérer que ce n'est pas une fosse sous-marine à onze mille mètres de profondeur, ou un volcan en sommeil ?

Amélia rit et fit mine de réfléchir :

— Ah mais je ne sais pas, c'est tentant…

Devant le regard effaré d'Alessandro, elle sentit son hilarité exploser. Puis elle conclut :

— Non, c'est beaucoup plus simple. Retourne-toi vers la baie. On peut aller à Capri ?

Il haussa les sourcils.

— Bien sûr !

Il ajouta aussitôt, une note d'inquiétude dans la voix :

— Tu tiens absolument au ferry bondé qui met des heures, ou tu m'autorises à louer un *speed-boat* ?

Amélia sourit.

— Un jour, je prendrai le ferry, mais j'avoue qu'aujourd'hui, je préfère un déplacement plus intime. Juste toi et moi.

— Eh bien c'est parti ! s'exclama-t-il en allumant le moteur du cabriolet. En route pour le port de Positano. C'est là que je trouverai le véhicule idéal pour t'emmener à Capri.

Amélia n'avait jamais vu de bateau aussi élégant et luxueux que celui à bord duquel elle fonçait en direction de Capri à une vitesse impressionnante.

Décidément, le jeu auquel ils se livraient était une pleine réussite ! Non seulement il les conduisait à échanger souvenirs et confidences, créant davantage de compréhension, mais il les projetait dans l'inconnu, les poussait à aborder l'avenir avec optimisme.

Autrefois, du temps où elle passait ses étés en Italie, ses parents avaient envisagé un long week-end à Capri. Adolescente, elle rêvait de cette île, de visiter les boutiques du port et d'arpenter les plages fréquentées par le gratin du show-business européen.

Oui, Alessandro lui permettait de réaliser un rêve d'enfant.

Avec son cockpit en acajou massif qui scintillait sous le soleil, le hors-bord semblait tout droit sorti d'un film en noir et blanc des années 1960.

Il avait lui-même pris les commandes, donnant ainsi à Amélia l'impression qu'elle était une lady en villégiature avec son capitaine. Il aimait les aspects ludiques de leur relation, constatait-elle. Apparemment, il tenait beaucoup à soigner son rôle de chevalier servant… Ce qui n'avait rien de désagréable, devait-elle admettre.

Le soleil napolitain illuminait la mer de sa lumière mordorée. L'écume projetée sous forme de brumisation sur son cou et sur ses bras nus la rafraîchissait… Quel voyage ! Amélia redoutait de s'habituer très vite à cette *dolce vita*.

Mais, alors qu'ils s'apprêtaient à aborder l'île chérie des stars de cinéma et de la jet set, alors qu'elle regardait se dessiner les contours majestueux de la côte, au-dessus du port, leur bateau ralentit. Il se mit donc à tanguer davantage. La chaleur devint agressive, pénible, suffocante.

Et Amélia chercha à retrouver son souffle.

— *Tesoro*… Ça ne va pas ? s'inquiéta Alessandro.

Le mot doux l'aurait fait fondre si elle n'avait été en proie à un tel malaise.

— C'est le bébé ? insista-t-il, paniqué. Il y a un problème ?

— Non, je ne pense pas mais... Tu veux bien qu'on s'en aille ?

Blême, elle sentit un courant d'air glacé l'envahir, et elle s'enfonça dans son confortable siège en cuir blanc, serrant la poignée de toutes ses forces.

Mais impossible de respirer normalement. Une crise d'angoisse l'avait gagnée et, soudain, elle en fut libérée par les premiers sanglots. Les larmes inondèrent ses joues sans qu'elle puisse les retenir.

Le visage d'Alessandro reflétait son affliction sincère, et il fonça vers le port, afin de garer le bateau loin des yachts, des ferries et des navettes, dans une sorte de crique un peu à l'écart de la foule.

Dès qu'il put couper le moteur, il l'attira dans ses bras, où elle pleura encore un long moment. Il déposait des baisers d'une infinie tendresse sur son front, tout en lui caressant les cheveux.

— *Cara*... Chut... Je ne sais pas ce qui te cause un tel chagrin, mais je te promets que ça va s'arranger... Je suis là. Tu es en sécurité avec moi.

« En sécurité ».

Ces mots servirent de déclic et, relevant vers lui son visage trempé, elle lâcha, furieuse :

— Comment ont-ils pu nous faire ça ?

12

— Comment ont-ils osé ? enchaîna-t-elle. Je me sens tellement en colère !

Amélia tremblait de tout son corps. La vérité de ses sentiments profonds, enfouis depuis trop longtemps, était en train de la submerger.

— Je leur en veux ! reprit-elle. J'éprouve une grande fureur contre eux !

Les deux êtres qu'elle aimait le plus au monde, en qui elle plaçait une confiance aveugle, oui *les deux* les avaient abandonnées, sa sœur et elle. Dans un égoïsme sans nom. En faisant l'impasse totale sur leurs responsabilités, leurs devoirs de parents – de protecteurs.

— Issy et moi, nous avons tout perdu, expliqua-t-elle. Je ne parle pas de nos maisons, ni de notre lycée, ni de nos amis, ni de l'argent… Non, je veux dire que nous avons perdu nos parents.

Pour la première fois de sa vie, elle s'autorisait à ouvrir cette boîte de Pandore. À se montrer honnête vis-à-vis d'elle-même.

Oui, ça faisait terriblement mal, mais la vérité était celle-ci : leur père et leur mère leur avaient tourné le dos. L'un, parce qu'il n'avait pas le cran d'assumer les conséquences de ses malversations. L'autre, parce qu'elle ne supportait pas de voir le monde sans lunettes roses.

Et le seul être qui pouvait la comprendre et la consoler, le seul à qui elle ait envie de se confier, c'était l'homme qui était encore, à peine quelques jours plus tôt, son pire ennemi.

Alessandro éprouvait une admiration sans borne pour Amélia. Pour son courage. Il leur avait fallu dix ans, à elle et à sa sœur, pour mettre en œuvre leur vengeance – le projet fou qui leur avait permis de ne pas se regarder comme des victimes et de tenir debout.

Et maintenant qu'elles débarquaient au terminus de cette étrange aventure, maintenant que leur mission prenait fin, les deux sœurs devaient encore affronter le pire.

La vérité.

Celle qui voilait le souvenir sublimé de leur enfance parfaite. Celle qui leur dérobait la part d'innocence de leur vie à quatre, du temps où les Seymore avaient tout de la famille idéale…

Quant à lui, il posait un regard radicalement différent sur son passé. Sur ce jour où Gianni et lui avaient obtenu « réparation ». Bon sang ! À quel prix ?

Et comment pouvait-il espérer obtenir un jour le pardon d'Amélia et d'Isabelle ? L'expression de ses regrets lui paraissait bien vaine, d'autant plus que son cousin et lui-même avaient eu *besoin* d'en passer par là pour se reconstruire. Ayant été les souffre-douleur et les esclaves de pères abusifs, ils s'étaient vengés de l'odieux brigand qui leur arrachait leurs premières ailes, ces ailes si chèrement acquises…

Alors non. Il ne pouvait pas prétendre qu'il avait des

remords. Ce qui ne le délivrait en rien de la culpabilité d'avoir causé tant de tort, tant de souffrances à deux gamines sans défense.

Tout en serrant Amélia contre lui, il sentit sa poitrine se déchirer. Les traumatismes de leur passé hypothéquaient lourdement leurs chances de construire un avenir commun. Il voulait pourtant y croire encore. De toutes ses forces, il s'accrochait à l'espoir qu'ensemble, ils pouvaient inventer quelque chose d'unique, quelque chose de beau qui ne ressemblerait qu'à eux. Grâce à leur enfant, bien sûr, mais aussi par la magie de leur entente. Une osmose sexuelle, et une complicité de plus en plus évidente, dont les racines paraissaient profondes, désormais.

D'un geste délicat, il prit le menton d'Amélia dans ses mains pour qu'elle croise son regard.

— Amélia, dit-il avec gravité, je veux que tu saches que je suis profondément désolé de ce qui est arrivé à ta famille. Jamais nous n'avons eu l'intention de provoquer ça.

Elle hocha la tête avec gentillesse, et il écarta une mèche qui lui tombait sur le front. Elle était si belle.

— Je regrette tout aussi sincèrement que tu aies été obligée de livrer une telle bataille sans personne pour te soutenir. Que tu n'aies pas été entourée au moment où tu en avais le plus besoin.

Comme il lisait dans son regard une question à laquelle il ne tenait pas à répondre, il conclut :

— Et si on repartait dès maintenant ? Et si on rentrait chez nous ?

L'Égypte attendrait. C'était le pays où Alessandro souhaitait depuis longtemps se rendre pour des vacances touristiques, mais il refusait de réaliser sa part de rêve tant qu'Amélia n'aurait pas vu Capri ou porté son choix sur une autre destination excitant ses fantasmes.

À leur retour à la Villa Vittoria, la veille en fin de journée, son compagnon l'avait surprise en lui révélant ses talents culinaires. Grâce aux mille et une victuailles stockées par le personnel, il lui avait prouvé que le meilleur tiramisu d'Italie était préparé dans sa cuisine, sous sa spatule, et qu'il n'avait pas à rougir de sa recette typiquement ombrienne des spaghettis à la mode de Norcia, aux anchois et à la truffe noire.

C'était une soirée étrange. Assommée par l'ouragan d'émotions intenses qu'elle avait essuyé dans la journée, Amélia se sentait un peu flotter. Sans doute ses hormones commençaient-elles à bouillonner car, au lieu de se coucher tôt et de tomber comme une masse, elle avait été prise d'un désir aussi brûlant qu'à Marrakech. Leur nuit blanche, merveilleuse, la laissait percluse de délicieux tiraillements dans les cuisses.

Alessandro avait dû s'envoler pour Londres juste après leur petit déjeuner.

Sans elle.

Déterminée à ne plus permettre au passé de s'interposer entre eux, elle s'était promis de tordre le cou à sa susceptibilité mal placée. Si quelqu'un d'autre qu'elle reprenait la charge du projet Aurora à Londres, elle devait l'accepter.

Alessandro ne rentrerait pas avant ce soir, et elle allait donc devoir occuper sa journée de solitude dans la villa. Après s'être offert une sieste réparatrice, elle partit choisir un roman dans la bibliothèque et, au lieu de rester à l'ombre de la terrasse couverte, elle eut envie de se promener dans le parc.

Il était décidément immense. Il lui fallut deux heures pour longer toutes les dépendances autour du bâtiment principal et de la piscine, et se perdre dans les prairies fleuries.

Cet espace multicolore et désert s'étendait à perte de vue autour d'elle. Coquelicots, bleuets, marguerites, boutons-d'or, campanules sauvages et autres fleurs des champs bercèrent sa lecture durant la seconde partie de l'après-midi. Le lieu était si paisible, si propice à la rêverie qu'elle fut rattrapée par le souvenir des luxuriants bouquets que leur père rapportait à leur mère l'été.

Son père…

Une sorte de mauvais pressentiment la saisit. Elle contempla encore les champs de fleurs. Puis elle se leva et prit le chemin du retour, les mains crispées sur son livre.

La Villa Vittoria était bâtie à une extrémité du domaine, et non au cœur de celui-ci. Comme si elle était rattachée à une parcelle distincte. Comme si…

Il ne lui fallut guère de temps pour trouver ce qu'elle cherchait dans le dossier resté sur la table, dans le pavillon de la piscine.

Il était tard, beaucoup plus tard que prévu, quand Alessandro rentra à la villa.

La réunion avec l'équipe au grand complet avait manqué de fluidité. Si Amélia avait été présente et aux commandes, ainsi que Sofia Obeid le lui avait fait remarquer d'un ton acide, ils auraient tous gagné deux heures.

Bon sang, pourquoi ne parvenait-il pas à justifier l'exclusion d'Amélia du projet Aurora ? Parce que… Non, lui-même ne le savait pas, admit-il, songeur, en s'avançant sous la terrasse couverte.

Le soleil s'était couché, mais des zébrures orangées

projetaient encore un merveilleux halo sur le parc. Le parfum des fleurs embaumait l'atmosphère d'une tiédeur idéale.

Il sursauta en trouvant Amélia installée sur une chaise longue.

Dans sa ravissante jupe couleur safran et son débardeur marine très simple qu'elle portait sans soutien-gorge, elle était si désirable qu'il sourit et se pencha...

Découvrant alors qu'elle le dévisageait d'un regard dur. Amer.

— Tu... Tu n'as pas eu mon message ? s'étonna-t-il. Je t'ai annoncé que je ne rentrerais pas avant la tombée de la nuit.

La jeune femme ne dit rien. D'un geste, elle lui suggéra de s'asseoir près d'elle, et il obtempéra. Puis elle désigna le paysage et le fixa attentivement.

— Qu'est-ce qui se passe ? s'enquit-il, même si la peur qui montait en lui semblait lui fournir la seule réponse possible.

Et, au moment précis où il entendait son propre cœur cesser de battre, elle lâcha :

— Tout cela. Ce sont les fameux terrains que mon père vous a vendus.

Il aurait voulu nier, se défendre, promettre qu'ils pourraient en reparler un autre jour – car il savait que l'heure était grave. Bon sang, pourquoi ne le lui avait-il pas avoué lui-même ?

— Tu les as gardés, enchaîna-t-elle.

Acculé, il hocha la tête.

— Oui.

— Et tu ne t'es pas contenté de les garder. Tu les as entretenus. Domestiqués. Apprivoisés. Tu en as fait le paysage de ta résidence secondaire. Ce que tu vois par la fenêtre quand tu te lèves le matin, quand tu te couches le soir.

— Oui ! C'est exact, reconnut-il avec humeur. Nous avons acheté les parcelles voisines afin d'édifier la villa face à ces terrains. Pour ne jamais oublier. Pour que, même quand nous serions couronnés de succès, nous ne perdions pas de vue le coût d'une trahison, toutes ces années de labeur gâchées, toute cette sueur versée en vain.

Elle *pouvait* comprendre, il en était certain ! Alors pourquoi le considérait-elle toujours d'un regard si triste, si accablé ?

— Ce besoin de ne pas lâcher prise... Il faut que je sache, Alessandro.

— Que tu saches quoi ?

— Si, comme je le redoute, cela dépasse largement l'histoire de mon père. Si tu es capable d'accorder ton pardon. Parce que, sans cela, il ne nous reste pas l'ombre d'un espoir. Si tu préfères te forcer à ne surtout pas oublier une trahison contractuelle vieille de dix ans, où en serons-nous, toi et moi, à la naissance du bébé ? D'autant plus que, dans le cas de mon père, tu as obtenu réparation. Est-ce que tu te contrains aussi à ne pas excuser ta mère ?

— Elle m'a trahie ! rappela-t-il. Elle s'est enfuie de l'hôpital où elle avait été placée, ce que je ne lui reproche évidemment pas. Mais elle a ensuite fait exactement la même chose que la mère de Gianni : elle n'est *pas* revenue me chercher ! J'étais un petit garçon livré à la brutalité d'un père qui cognait de plus en plus fort, et notre grand-mère n'était plus là. Ma mère m'a abandonné, Amélia.

Le cœur d'Amélia saignait. Pour le petit garçon qu'il avait été, pour l'homme qu'il était en train de devenir.

Un homme incapable de tolérance envers les faiblesses d'autrui.

— Ce qui t'est arrivé est épouvantable, Alessandro, lâcha-t-elle. La place de ton père est en prison, et c'est vrai, ta mère a mal agi. Mais je te pose une nouvelle fois la question : est-ce que tu peux lui pardonner ?

Il passa une main dans ses cheveux et poussa un long soupir.

— Je lui envoie une pension. Elle vit à Milan. Mais je ne l'ai jamais revue. Cela répond à ta question, je crois.

Un silence terrible pesa un instant sur la terrasse.

— Alors... Jamais tu ne pourras me pardonner, à moi non plus ? murmura-t-elle.

Elle connaissait déjà la réponse. N'avait-il pas passé toute la journée à Londres, avec l'état-major du Rubis et Sofia, à orchestrer les aspects d'un dossier qu'elle dominait mieux que personne ?

— Tu ne me rendras jamais Aurora, n'est-ce pas ?

— Non, admit-il.

— Parce que tu ne me fais pas confiance ?

— Dans ce domaine, non, mais je...

— Mais tu me fais confiance pour être une bonne mère ? coupa-t-elle. Pour bien m'occuper de notre enfant ?

— Oui, bien sûr, je...

— Désolée, Alessandro, mais j'ai besoin de bien davantage que cela.

Cette fois le silence s'étira, s'allongea – élastique à l'infini.

Ils ne bougeaient pas. L'air paraissait pétrifié.

— Mais parle ! tonna-t-elle, à bout de nerfs. Dis quelque chose, bon sang !

— Qu'est-ce que tu veux que je te dise ? Il n'y a plus rien à dire !

— Oh si, Alessandro, reprit-elle d'une voix chevrotante

de colère. Tu m'as promis de me protéger, d'assurer ma sécurité. Tu refuses de laisser passer la trahison commise par les autres, mais que fais-tu de la tienne ? C'est toi qui es en train de me trahir, cette fois !

Sans un mot, il se leva, quitta la terrasse et disparut dans la villa.

Amélia venait de fondre en larmes quand elle entendit son smartphone émettre une alerte.

Elle consulta l'écran. C'était Alessandro.

Le jet est à ta disposition.

Le lendemain matin, Amélia ne fut guère étonnée de trouver un chauffeur qui l'attendait, sur la terrasse de la villa.

Alessandro était parti. Elle n'avait aucune envie de rentrer à Londres pour y retrouver l'appartement qu'elle partageait avec sa sœur, mais…

Elle avait hâte de revoir Issy. Oh ! elle avait follement besoin de la serrer dans ses bras ! Était-elle revenue de son périple aux Caraïbes ?

Amélia avait tellement honte de sa conduite vis-à-vis d'Issy qu'elle avait fait l'autruche, mais il était temps qu'elle s'explique. Qu'elle lui avoue comment et pourquoi elle lui avait menti.

Un moment plus tard, dans la voiture qui l'emmenait loin de la Villa Vittoria et d'Alessandro, elle reçut un message d'Issy :

Est-ce que tu vas bien ?

Elle répondit aussitôt :

Ça va. Je rentre.

Pas question de se retrouver toute seule dans le jet

privé de Rossi Industries. Elle avait prié le chauffeur de la conduire à l'aéroport de Florence où elle prendrait un vol économique en classe touriste.

Le cœur et la tête d'Amélia étaient vides, durant le trajet, mais à peine eut-elle posé le pied sur le tarmac anglais qu'elle reçut un nouveau message d'Issy.

Où es-tu ? Je ne te vois pas !

Il était pourtant impossible que sa sœur ait su par quel avion elle rentrait à Londres ! Stupéfaite, elle appela Issy.

— C'est moi, je viens de passer la douane mais...

— Attends, ça y est ! Je t'ai repérée !

Sidérée, Amélia s'immobilisa à la sortie du terminal, bouleversée de voir sa sœur courir à sa rencontre. Lorsqu'elle la prit dans ses bras, elle lutta de toutes ses forces pour retenir ses larmes – si elle commençait à pleurer maintenant, elle ne pourrait plus s'arrêter.

Elle était au bord de la crise d'hystérie : elle avait envie de hurler, tant elle était désespérée de cette rupture, désespérée d'avoir perdu Alessandro, et désespérée d'attendre un bébé qui ne pourrait pas compter sur la présence de ses deux parents auprès de lui à tout moment.

Les bras tendres et forts de sa petite sœur adorée l'enlaçaient, si chaleureux qu'elle savoura ce réconfort d'un cœur débordant de gratitude.

— Oh ! Amélia ! Tu vas bien ! Je me sens tellement rassurée, tu ne peux pas savoir, balbutia Issy en riant.

Le bon aéroport, l'horaire exact... La gorge sèche, Amélia comprit qu'Issy l'avait cueillie à l'arrivée grâce à Alessandro : il avait fait parler le chauffeur.

Mais mieux valait qu'elle le chasse de son esprit. À cause de lui, elle avait menti à sa cadette, et elle s'en voulait.

— Je... Oh ! Issy, pardonne-moi. Je regrette tellement. Si tu savais combien je suis désolée !

— Mais non, voyons, c'est oublié. N'en parlons plus, d'accord ?

Sa sœur semblait si sincère qu'elle la dévisagea avec curiosité. Elle avait bronzé. Ses yeux d'un bleu très profond n'avaient jamais paru plus brillants. Elle était radieuse.

— Tu es splendide, Issy !

— Merci ! Toi, en revanche…

Sa sœur fronça les sourcils.

— Tu as mauvaise mine, lança-t-elle d'un ton accusateur.

— Je sais… J'ai causé tellement de chaos autour de moi. J'ai honte ! souffla Amélia.

— Ne dis pas cela. S'il y a des problèmes à régler, nous les réglerons, c'est tout.

Étonnée par la décontraction inhabituelle de sa sœur, Amélia reporta encore son attention sur son visage. Lorsque Issy rougit en se retournant, Amélia suivit son regard et eut l'impression de recevoir un coup de massue sur la tête. Un homme se tenait derrière elle. Presque timidement.

Un homme qu'Amélia connaissait très bien : Gianni Rossi !

Elle surprit le coup d'œil qu'ils échangèrent, Issy et lui. Il y avait tant de complicité et de tendresse dans ce regard qu'elle se sentit déborder de joie pour sa sœur.

Gianni n'était pas comme Alessandro. Plus facile d'accès, moins tendu, plus souriant.

Et surtout, en ce moment… il avait l'air follement, éperdument amoureux de sa petite sœur ! Un courant très spécial semblait circuler entre ces deux-là.

— Tu veux bien venir avec nous ? J'aimerais que tu restes à la maison.

Même si Amélia avait parfaitement compris que sa sœur ne faisait pas référence à leur modeste deux pièces, elle hocha la tête, soulagée de ne pas la quitter.

13

Trois mois plus tard

Amélia plia ses sweat-shirts et les rangea dans la valise, près du lit de la chambre d'amis.

Cette pièce calme et confortable à l'étage du grand duplex de Gianni et d'Issy avait été son chez-elle depuis son retour à Londres, et elle fit mine d'ignorer le gémissement de sa cadette.

Immobile dans l'encadrement de la porte, elle n'allait pas tarder à revenir à la charge, songea Amélia, amusée.

— S'il te plaît… Reste encore un peu !

Réprimant un gloussement, Amélia secoua la tête.

— Voyons, Issy… Je m'installe tout près.

— Tout près ? C'est de l'autre côté de la Tamise ! protesta sa sœur.

— À un quart d'heure en bus.

Aujourd'hui, elle avait envie de rire, mais il n'en avait pas toujours été ainsi. Les premières semaines, à son arrivée, il s'était avéré difficile de cohabiter avec un couple fou de bonheur, tandis qu'elle se remettait si mal de sa rupture.

Mais les longues conversations entre sœurs leur avaient fait énormément de bien, à l'une comme à l'autre. En apprenant que son aînée avait passé une nuit avec Alessandro quelques semaines avant la mise à feu de leur sabotage, Issy avait compris ce qui avait poussé sa sœur à mentir au sujet de cette histoire de corruption. Et, avec le grand cœur qui la caractérisait, elle avait affirmé qu'à la place d'Amélia, elle aurait agi comme elle. Parce qu'au début, elle s'était sentie terriblement coupable d'être attirée par Gianni Rossi : *leur ennemi*.

Ces mots – vengeance, ennemi, destruction, revanche – leur semblaient désormais puérils.

Depuis, les deux sœurs avaient évoqué leur enfance protégée et leur adolescence sans parents. Comment, en se noyant dans l'alcool, leur père les avait abandonnées, elles et leur mère. Comment Jane Seymore avait manqué, elle aussi, à ses obligations, en livrant à elles-mêmes deux lycéennes mineures.

Issy savait qu'il lui faudrait un peu de temps pour leur pardonner, et Amélia était parvenue à la même conclusion. Car elles se projetaient dans l'avenir. Folle de joie à la perspective de devenir tante, Issy n'avait cessé d'entourer son aînée de son affection et de sa prévenance, au cours des douze semaines écoulées.

— Vraiment ? insista-t-elle. Tu ne veux pas prolonger ton séjour ici ?

— Vraiment. Il est grand temps que je m'habitue à me débrouiller seule.

Comme Gianni appelait sa sœur depuis l'étage du dessous, Issy disparut et Amélia poussa un long soupir.

En réalité, elle n'était guère attirée par le quotidien de mère célibataire. La séparation ne passait pas.

Elle aimait Alessandro.

Difficile de déterminer à quel moment c'était arrivé… En tout cas, il ne lui avait pas suffi de le quitter pour déraciner cette passion de son cœur. C'était profond.

Il lui serait, en revanche, plus simple de réfléchir à sa situation familiale, sentimentale et professionnelle quand elle vivrait dans son propre appartement. Car sa priorité, c'était d'être prête à accueillir son enfant. De toujours lui présenter le vrai visage de son père, qu'il soit là ou non : son bébé saurait très tôt qu'Alessandro Rossi était un homme droit, honnête, fiable.

En frappant à la porte, Alessandro sentit comme des stalactites glacées s'enfoncer dans sa nuque. Et, lorsque le maître des lieux apparut, son visage affichant successivement la stupeur, la douleur et l'indifférence, il se rappela qu'il avait bien mérité cet accueil.

Depuis qu'Amélia avait quitté la Villa Vittoria, il se comportait comme un fantôme. Même vis-à-vis de son cousin ! Son associé, son presque-frère.

Il avait décidé de faire le point, et sa première initiative avait consisté à partir rencontrer sa mère. La visite inaugurale, dans le petit appartement milanais où elle vivait depuis plus de vingt ans, avait été pénible. Alessandro ne songeait qu'à partir pour ne plus contempler le visage mûr et sage d'une femme trop étrangère à ses souvenirs.

La jeune épouse terrifiée et la mère impuissante s'étaient évaporées. Il se tenait devant une dame élégante, libraire à temps partiel. Alessandro avait appris comment, après s'être enfuie de l'hôpital, elle avait rejoint la mère de Gianni. Puis, au fil des années, Aurora Vizzini avait construit sa vie ici, à Milan, entre son travail, son club de bridge et son modeste deux pièces.

La deuxième, puis la troisième et la quatrième visite avaient été plus apaisées. Plus satisfaisantes. Alessandro rentrait chez lui bouleversé – mais heureux. Avec cette nouvelle mère, il tissait un lien fait de délicatesse, de pudeur, de tendresse. Un jour, ne pouvant dissimuler son profond mal-être, il s'était même épanché auprès d'elle. Il lui avait parlé d'Amélia.

Aurora lui avait tenu un discours qui le poursuivait. Elle disait qu'un petit garçon ne pouvait pas sauver sa maman. Que ce n'était pas son rôle. Que parfois, une maman ne parvenait pas à sauver son petit garçon, alors que c'était son rôle. Mais que passer à côté de *la femme de sa vie*, c'était une erreur tellement stupide qu'elle en devenait impardonnable.

Ces mots, certes sans doute un peu simplistes, l'avaient touché et fait réfléchir. Il n'avait rien fait d'autre que cela, depuis plusieurs mois : renouer avec sa mère, séjourner en Italie la moitié de la semaine, travailler le moins possible. Et réfléchir.

Il s'était mis en retrait de bon nombre de ses responsabilités au sein de Rossi Industries, confiant la gestion du projet Aurora à son équipe, et pratiquement tout le reste à Gianni.

Ce temps de réflexion, à faire le point sur sa vie et sur lui-même, avait été bénéfique. Ce matin, il avait quitté l'Italie certain de ce qu'il désirait. Pour lui, pour son enfant, et pour Amélia.

Rétrospectivement, il mesurait le malaise éprouvé par la jeune femme dès qu'elle avait commencé à dissimuler les failles de Firstview : la trahison était tout sauf une seconde nature chez elle. Elle s'en était rendue malade.

En revanche, ce qui lui était inné, c'était son amour infini et son instinct de protection vis-à-vis de sa petite sœur. De toute évidence, le prochain bénéficiaire de ce dévouement absolu serait leur enfant.

Il l'aimait. Il était follement amoureux d'elle.

C'était terrifiant et merveilleux, aveuglant et libérateur. Il ne pouvait pas se passer de son intelligence, de la vivacité de son esprit. La douceur de sa voix lui manquait. L'ardeur de leurs caresses le hantait, ainsi que tous leurs moments de complicité. Quand elle était là, il se sentait meilleur. Elle faisait de lui quelqu'un de bien alors que, sans elle...

— Tu attends une invitation ? demanda sèchement Gianni en lui faisant signe d'entrer dans le duplex où il vivait désormais avec son épouse.

Car Isabelle Seymore avait choisi de s'appeler Isabelle Rossi, ce qui donnait le vertige à Alessandro. Comment les deux cousins avaient-ils accompli le prodige de tomber amoureux en même temps de deux sœurs ? Et pas n'importe lesquelles ! Les filles de l'homme qu'ils avaient haï durant des années...

— Toi !

L'accusation, portée sur un ton scandalisé par une voix féminine, fit tressaillir Alessandro.

Il se retourna. Face à lui se tenait une jeune femme plus petite qu'Amélia, blonde et bronzée, au regard d'un bleu intense, qui semblait prête à le faire pendre haut et court.

— Toi ! répéta-t-elle, ulcérée, en enfonçant son index dans sa chemise.

— Euh oui, je crois que c'est moi, admit Alessandro en souriant devant l'attitude tout feu tout flammes d'Isabelle. Quelle passion ! S'agissait-il donc d'un trait de famille ?

— Je t'amuse ? Tu trouves qu'il y a de quoi rire ? reprit-elle d'un ton ulcéré.

— Non, il n'y a rien de drôle dans cette situation, reconnut-il.

La jeune femme fronçait les sourcils.

— Qu'est-ce que tu veux ?

— Puis-je savoir où se trouve Amélia ? Vous avez vidé

votre ancien appartement, et je ne sais pas où elle loge, désormais. Or j'aimerais avoir une...

— Hors de question ! s'exclama Issy comme s'il venait de demander les coordonnées privées d'un chef d'État.

Il fallait pourtant qu'elle le laisse la voir.

— Écoute, insista-t-il, j'ai *besoin* de discuter avec elle.

Secouant tristement la tête, Gianni intervint :

— Tu es mon cousin, Andro, et tu seras toujours ma famille. Mais... si ma femme s'oppose à ce que tu connaisses cette information, il faut que tu respectes sa décision. Tu comprendras un jour, si tu te maries.

— Sauf que, si personne ne veut me dire où habite celle que je veux en guise de future femme, ça ne risque pas d'arriver !

Hélas, la tornade de petite sœur n'écoutait pas un mot des paroles qu'il prononçait.

— Tu lui as brisé le cœur, reprit Issy avec fureur.

— Je sais ! admit-il.

— Non. Tu ne sais rien. C'est ma sœur et, s'il le faut, je les défendrai jusqu'à la mort, elle et le bébé !

Ivre de rage, les yeux rouges, elle revint vers lui et, détachant chaque syllabe, martela de son poing sur son torse :

— Tu l'as brisée !

Ses yeux lançaient des éclairs.

Il hocha lentement la tête.

— Mais, si tu m'en accordes l'opportunité, je compte passer le reste de ma vie à veiller à ce que cela n'arrive plus jamais parce que...

Une silhouette apparut au pied de l'escalier. C'était elle. Il sentit aussitôt son cœur se mettre à battre à coups sourds.

Amélia ! Ici, chez Gianni !

Dans son jean et son pull blanc, tout simples, elle était ravissante. Son ventre restait encore invisible. En revanche, son teint pâle et ses yeux cernés avaient disparu au bénéfice d'une peau rayonnante. Son léger hâle italien était toujours là, comme les reflets mordorés dans sa chevelure d'une couleur plus riche, plus profonde encore que dans son souvenir.

— Tu... Tu étais là tout ce temps ? s'étonna-t-il.

— Oui. J'avais envie de passer un peu de temps en famille.

— Mais je, tu... Je ne m'attendais pas...

La jeune femme sourit.

— Tu bégaies ? demanda-t-elle.

— C'est possible.

Il sourit aussi et expliqua :

— Cela m'arrivait, quand j'étais enfant. Ma mère vient de m'apprendre que c'était lorsque je désirais très fort quelque chose.

— Elle *vient* de te l'apprendre ? répéta-t-elle, visiblement sous le choc de cette révélation.

— Oui. Nous avons passé un peu de temps ensemble, elle et moi, dernièrement.

Comme Gianni et Issy s'éclipsaient, ils restèrent seuls, face à face, dans la belle entrée lumineuse avec vue sur Westminster.

Malgré son trac, Alessandro n'irait pas par quatre chemins. Il voulait qu'elle connaisse la vérité de ses sentiments. Des sentiments qu'il avait honte d'avoir cherché à enterrer, alors qu'ils illuminaient son âme.

— Tu avais raison à propos de tant de choses ! ajouta-t-il. Et, avant tout, en me faisant comprendre que j'étais otage de mon passé. Je n'éprouve plus de colère envers ma mère, Amélia. Elle a cherché un moyen de récupérer son fils. Chez un homme violent et dangereux qui menaçait de la tuer si elle lui prenait son unique héritier... Et c'est à cause de cela qu'elle y a renoncé. Au passage, c'est exactement ce qui est arrivé à la mère de Gianni. Aujourd'hui, Aurora vit avec le chagrin ineffaçable d'avoir été privée de son enfant, et je n'éprouve pour elle qu'affection et admiration. J'ai envie de l'aider à vieillir apaisée. Plus heureuse. Qu'elle ait le bonheur de tenir pleinement son rôle de grand-mère.

— Alessandro...

— Non, attends. Le plus important, c'est ce que j'ai compris à propos de nous deux, Amélia. Par exemple ceci : j'éprouverai toujours de la gratitude vis-à-vis de tes parents. Thomas et Jane Seymore t'ont mise au monde, et ils ont accompli quelque chose de merveilleux ensemble. À part toi, personne ne peut me donner envie de me lever chaque matin dans l'allégresse. Parce que je ne peux pas me passer de voir ton sourire quand je me réveille. Parce que je ne dors plus si tu n'es pas auprès de moi, la nuit. Et parce que je ne pouvais pas imaginer plus grande chance que d'avoir un enfant avec toi.

Il avança encore d'un pas.

— Je t'aime, Amélia. Je suis fou de toi.

Il vit une larme rouler au coin de l'œil de la jeune femme. Elle vint vers lui à son tour et répondit :

— Moi aussi. Je regrette tellement de...

N'y tenant plus, il la serra dans ses bras de toutes ses forces. Un bonheur indescriptible le transportait : son corps souple lové contre le sien, c'était magique.

— C'est moi qui suis désolé, reprit-il. J'ai pris peur, c'était absurde. Je n'ai jamais aimé personne comme je t'aime, Amélia. Et je te jure que jamais, *plus jamais* je ne te laisserai partir.

— Oh ! je t'aime, murmura-t-elle d'une voix étranglée par l'émotion.

— Alors tu veux bien me redonner une chance ? s'enquit-il avec espoir. Si tu dis oui, je te promets que tu ne le regretteras pas.

Amélia pleurait et riait en même temps, collant ses joues humides au cou de l'homme de sa vie.

Elle se recula pour contempler son visage rayonnant et, alors qu'elle se penchait pour l'embrasser, elle sentit une boîte tout contre sa hanche.

Baissant les yeux, elle s'aperçut qu'il tenait un écrin de velours.

— Mais qu'est-ce que... ?

Alessandro recula et s'agenouilla devant elle.

— Il ne me quitte plus depuis deux mois, expliqua-t-il. Je cherchais le bon moment, et... Je le sais, maintenant : j'ai commis trop d'erreurs pour que le bon moment s'offre à moi comme par magie. Mais je vais quand même te faire ma demande.

Il ouvrit l'écrin et fit apparaître une bague qui semblait faite pour elle. Des émeraudes oblongues encerclaient un rubis, et la fleur rappelait les champs de la Villa Vittoria.

— Amélia Seymore, reprit-il, tu es la part la plus belle de ma vie et le seul futur que je désire. L'amour que tu m'inspires me rend meilleur, et me donne l'espoir de faire mieux chaque jour. Me feras-tu l'honneur d'accepter d'être mon épouse : mon amante, mon amour, ma compagne, afin que je puisse t'aimer et te protéger jusqu'à la fin de ma vie ?

C'était magique ! Mieux que dans ses rêves. Amélia se sentait fondre. Des larmes de joie roulèrent encore sur ses joues.

— Oui, dit-elle en riant. Oh ! oui, je le veux, Alessandro Rossi.

La bague de fiançailles brillait à son annulaire lorsqu'elle se hissa sur la pointe des pieds pour presser ses lèvres contre les siennes.

Et il la serra avec passion pour l'embrasser amoureusement.

Enfin, après toutes ces années, elle avait trouvé. Dans ses bras, elle était chez elle.

Épilogue

— Mais non, *cara*, ce n’est pas comme ça… Aïe !

Comme il allait lui prendre la cuillère, Alessandro se fit taper sur la main.

Il s’écarta d’un pas en s’apercevant que sa femme brandissait un couteau à viande.

— Monsieur Rossi, répliqua-t-elle, j’ai six années d’expérience dans la préparation du plat favori de ta fille. Tu contestes ?

— Oh ! je ne contesterai que dans la chambre à coucher, répondit-il, une lueur de défi dans le regard.

À peine eut-il prononcé ces mots que la flamme du désir s’alluma dans les yeux bleu-vert de sa femme. Il attendit néanmoins qu’elle ait reposé son couteau pour oser caresser son ventre rebondi.

Huit mois. Il ne leur restait que peu de temps pour préparer l’arrivée de leur nouveau bébé, car leurs journées étaient remplies et leurs nuits, délicieusement agitées.

Certes, Alessandro se réjouissait de la visite d’Issy et de Gianni, mais il aurait préféré passer le week-end dans la plus stricte intimité. Il y avait cependant six mois qu’ils ne les avaient pas vus : ils passaient la moitié de l’année sur leur île, et Amélia se réjouissait de retrouver sa sœur.

La table de la cuisine était couverte de victuailles, celle

de la salle à manger dressée pour sept personnes. Quelle colonie que celle des Rossi ! C'était comme ça à Noël, au jour de l'an, pour les anniversaires : une grande famille, des rires d'enfants, beaucoup d'amour.

— Alors on y va ? insista-t-il. Ils comprendront. Ils sont pires que nous : ils font ça comme des lapins.

— Maman, qu'est-ce qu'on fait « comme des lapins » ? demanda Hope, leur fille, depuis le salon où elle lisait un conte.

La fillette avait hérité de la féroce intelligence de chacun de ses parents et de l'amour des livres de sa grand-mère ; Aurora Vizzini ne manquait jamais une occasion de le rappeler.

— Voyons, chérie, tu le sais : ils sautent et ils courent partout dans la prairie, répondit Amélia en se retenant de rire.

— Comme celui qu'on avait rencontré le jour où Tata Issy, Tonton Gianni et Mia et Mattéo étaient là, pour le pique-nique ?

Amélia acquiesça vigoureusement.

Elle était impatiente de voir comment sa nièce et son neveu auraient encore grandi, depuis la dernière fois. Amoureusement, elle regarda son mari traverser la pièce pour soulever leur fille et la faire voler autour de lui, « comme un avion ».

Leurs rires étaient tellement contagieux…

Alessandro avait tenu sa promesse. Il les protégeait. Il leur offrait tout ce qu'ils pouvaient désirer, dans leur vie à trois qui allait s'élargir à quatre. Chaque jour, elle sentait au plus profond d'elle-même la chaleur et le soutien de cet amour inconditionnel.

Il l'avait encouragée le jour où elle avait souhaité reprendre le travail en tant que partenaire à temps partiel de son amie Sofia Obeid, après quelques mois de congé parental.

Ses encouragements n'avaient pas cessé depuis qu'elle occupait ce poste à temps plein. Une main sur le comptoir de la cuisine, elle se mordit la lèvre.

— Mon amour ! s'exclama son époux en revenant prestement vers elle.

À un mois de l'accouchement, il lui arrivait de ressentir l'inconfort.

— Assieds-toi, ordonna-t-il en la conduisant à un fauteuil.

Elle secoua la tête, amusée et touchée par sa prévenance, mais elle ne s'assit pas. Elle préférait lui voler un baiser ! Dans quelques instants, les cris de joie des trois enfants résonneraient dans toute la maison, et ils accueilleraient Issy et Gianni.

Leur couple avait affronté bien des difficultés. Il y en aurait d'autres, forcément. Mais ils abordaient chaque étape de la vie, chaque complication et chaque joie main dans la main.

En les voyant aujourd'hui, personne n'imaginerait qu'ils avaient été ennemis ! Pourtant si : ennemis, amants, âmes sœurs. Unis pour toujours et à jamais par le grand amour, le vrai.

Vous avez aimé ce roman ?
Retrouvez en numérique l'intégrale de votre série
« Revanche & séduction » :

1. *La vengeance pour jeu*, Michelle Smart
2. *Cet ennemi trop séduisant*, Pippa Roscoe